Thomas Döring

Die Reise des Seebären

Geistkirch-Verlag

THOMAS DÖRING

DIE REISE DES SEEBÄREN

EINE NOVELLE

GeistkirchVerlag

ISBN 978-3-946036-28-9

www.geistkirch.de

1. Auflage 2021

Verlag: Geistkirch Verlag, Saarbrücken
Lektorat: Susanne Reeck
Satz und Layout: Ron Christmann, Heusweiler
Printed in EU

Jeder hat seine geheime Welt,
von einem schönsten Augenblick erhellt,
von einem schrecklichsten Tag versehrt:
und allen andern ist sie ganz verwehrt.

Und wenn ein Mensch stirbt, stirbt mit ihm
sein erster Schnee aus jener grauen Früh,
sein erster Kuß nachts und sein erster Zorn:
und all das nimmt er mit sich fort.

Bücher bleiben uns und Brücken, Kram
und Maschinen, Leinwände, gut gerahmt
Geschmeide und Gelumpe – vieles bleibt:
und alles andre zerfällt mit seinem Leib. [1]

Jewgeni Jewtuschenko

1 aus: »Uninteressante Menschen gibt es nicht«, übertragen von Volker Braun *(http://www.planetlyrik.de/jewgeni-jewtuschenko-poesiealbum-69/2013/10/)*

Die Kinder paddeln vergnügt im Wasser. Ein buntes Treiben mit Planschen und Kichern. Zwei Mädchen schauen zu und kreischen plötzlich aufgeregt: »Da ist der Weiße Hai, der Weiße Hai!« Der gleitet ruhig und kommt langsam auf die Kindergruppe zu. Auch die anderen Kinder fangen jetzt an zu schreien: »Der Weiße Hai! Da hinten ist er!«

»Gut, aber nur noch einmal«, ruft er ihnen zu. Die Kinder sind ganz außer sich und hüpfen auf dem Boden des Schwimmbeckens auf und ab, das Wasser spritzt über ihre Schultern. Füße voraus steuert er auf das Kind zu, das als Erstes geschrien hat. Er verschränkt seine Hände hinter dem Kopf und versucht dabei, böse mit seinem schief verzogenen Mund zu lächeln. Er macht die Todesgrätsche, packt das Kind mit seinen Beinen und kippt es mit einem Ruck unter Wasser. Es ist nicht mehr zu sehen: kein Mädchen, keine Wasserspritzer, nur noch glattes Wasser.

Plötzlich schnellen seine Füße senkrecht aus der Wasseroberfläche nach oben, und genauso schnell, wie sie gekommen sind, sind sie wieder weg. Dann taucht der Kopf des Mädchens auf. Es reckt seine Arme in die Luft, lacht und strahlt. Die Kindergruppe ist außer sich und fängt wieder an zu kreischen. »Noch einmal Weißer Hai, bitte noch einmal!«, rufen sie. Gleich sind auch sie dran.

Er legt seinen Kopf zurück und sieht aus dem Fenster des Zuges. Landschaften ziehen an ihm vorbei; Wälder, vereinzelt auch Häuser. Wenn die rasenden Bäume durch eine Lichtung den Blick freigeben, sieht er hin und wieder Straßen, die sich schlängeln und dann irgendwo verschwinden. Bald muss doch die Taiga beginnen. Und irgendwo dahinten liegt Wladiwostok. In seinem Bauch entwickelt sich ein wohliges Gefühl, das sich langsam in seinem Körper ausdehnt.

Er bemerkt im Fenster sein Spiegelbild, das nicht so sehr an den Landschaften interessiert scheint. Stattdessen sieht es ihn an und fragt:

»Schöne Geschichte mit den Kindern. Da war eine Menge Spaß dabei; schöne Erinnerungen, die bleiben. Was aber hast du konkret erreicht mit deiner Schwimmschule?«

Er schwenkt seinen Blick auf die vorbeiziehenden Felder, die von Baumreihen unterbrochen werden, lehnt seinen Kopf an die Scheibe und antwortet:

»Die Kinder hatten keine Angst mehr vor dem Wasser. Es ist zu ihrem Freund geworden. Ein Freund, vor dem man Respekt haben muss, aber keine Angst. Das war mir doch wichtig. Wie viele Kinder standen zu Beginn eingeschüchtert am Beckenrand! Sie wollten schon mitmachen, nicht nur wegen ihrer Eltern, die sie schickten, aber sie trauten sich einfach nicht. Sie wollten doch selbst schwimmen und nicht nur von ihren Freunden hören, wie die im Sommer ihre freie Zeit im Schwimmbad verbracht haben.

Auch die lauten Krakeeler wurden am Beckenrand ruhig; oft waren es die Jungs. Dann nestelten sie mit ihren Fingern an ihren Badehosen und versuchten dabei, nicht ins tiefe Wasser zu gucken. Sie begutachteten lieber ihre

Füße oder sahen interessiert zu der nahen Milchbar in der Schwimmhalle. Oder sie drehten nervös ihre Köpfe, um irgendwas zu erhaschen, was sie kommentieren konnten: ›Guck mal, das Handtuch dahinten sieht doch krass aus‹, oder ›Der Mann da hinten geht aber komisch.‹ Aber sie wurden ruhig, wenn sie in das Wasser sahen.

So begann oft mein Schwimmkurs. Und danach? Eine schöne Rasselbande ist aus ihnen geworden! Wie oft musste ich sie zurückhalten, nicht sofort ins Wasser zu springen. Auch das haben sie bei mir gelernt. Immer erst gucken und dann springen! Ihretwegen und wegen der anderen. Das Wasser ist zu ihrem Freund geworden, mit dem man eine Menge Spaß haben kann.«

Er holt etwas Luft und erzählt weiter:

»Und viele meiner Kinder kamen aus schwachen sozialen Verhältnissen. Ich habe deswegen Werbung für meine Schwimmkurse bei einem Stadtteilbüro gemacht, das besonders Eltern mit ihren Kindern unterstützte, die nicht viel Geld hatten. Und meine Kurse waren wirklich nicht teuer. Sie wurden gerne angenommen, das sprach sich schnell herum: Da ist einer, der war früher ein Top-Athlet. Weltmeister und so! Und der kann mit Kindern. Der hat Ahnung, bei dem lernt man was. Schick doch unseren Kleinen mal hin! Vielleicht die Kleine irgendwann später!

Schwimmen war früher ein elitärer Sport. Diese Erfahrungen habe ich als Kind und später als Jugendlicher selbst machen müssen. Wie oft bin ich wegen meiner Herkunft aufgezogen worden. ›Ach, der von der Folster ist auch wieder dabei.‹

Die Bemerkungen haben gestochen wie kleine Nadeln. Spitz und kalt gingen sie anfangs unter meine Haut. Ich habe mir nichts anmerken lassen, bin ja auch nicht aus

Pappe. Und meine Haut wurde im Laufe der Zeit dicker. Soziale Herkunft, Schicht, Klasse, wie man es auch nennen mag, sie spielten immer eine große Rolle in diesem Sport. Ich weiß, wovon ich spreche. Ich habe mich nicht unterkriegen lassen.

Und die Kinder sind oft von ihren Eltern abhängig, um ins Schwimmbad zu kommen. Also musste ich den Eltern ermöglichen, dass sie ihre Kinder zur Schwimmschule bringen. Oft hörte ich von ihnen: ›In der Woche nachmittags? Da kann ich leider nicht.‹ Ich sagte darauf: ›Gut, dann sagen wir um sechs Uhr abends.‹ Oft kam die Erwiderung: ›Das ist zu früh, da bin ich noch nicht von der Arbeit zurück.‹ Darauf ich: ›Gut, sonntags um elf Uhr am Vormittag ist ein Kurs.‹ Und das klappte. Und am besten war es, wenn die Eltern gleich selbst schwimmen gingen und ihr Kind kurz vorher zu mir in den Kurs brachten.

Wenn der Kurs begann, war ich der Chef, nicht die Eltern. Ich hatte die Verantwortung und bestimmte! Und ich wollte und bin auf jedes Kind eingegangen. Bevor sie überhaupt ins Wasser gingen, habe ich ihre Geschichten gehört, was ihnen davor Angst machte. Erst danach ging es ins Wasser. Oder halt später: Wie es das Kind wollte. Natürlich hatte ich die Kinder bei ihren Übungen beobachtet und später in ruhiger Minute mit ihnen geredet, wenn sie Angst hatten oder ich den Eindruck nicht loswurde, dass sie etwas belastete. Und die Kinder merkten: Da ist Andi, der Seebär, der hört zu und nimmt mich ernst.

Nach jedem Training gab es von mir eine kleine Süßigkeit, auch mal Lakritze. Alle bekamen jedes Mal ihre Belohnung, ob sie nun mitmachten, ein bisschen oder gar nicht. Mit dieser Abschlussrunde endete meine Verantwortung, nun waren wieder die Eltern gefordert.«

»Mmmh«, sagt sein Spiegelbild und sieht ihn weiter an. Der Seebär fühlt sich gefordert und legt nach.

»Und das Leistungsprinzip hatte in den Kursen dem Spaßprinzip zu weichen. Das muss sich nicht gegenseitig ausschließen, aber Vergnügen und Spaß kommen zuerst, die Leistung kann später kommen! Und was heißt überhaupt ›Leistung‹? Für mich war es wichtig, dass die Kinder selbst entscheiden, wie weit sie gehen wollten. Die Selbstquälerei kommt doch früh genug! Das kenne ich doch von mir. Zuerst haben meine Trainer Druck gemacht, im Laufe der Zeit habe ich diese Haltung übernommen. Konkurrenz mit den anderen in der Leistungsgruppe Schwimmen gab es genug. Aber ›der von der Folster‹ hat den anderen gezeigt, wie es geht.

Auch überehrgeizige Familienväter konnte ich überzeugen. Energische Aufforderungen und Zurufe vom Beckenrand, die oft von einer geballten Faust begleitet wurden, waren in meiner Schule zu unterlassen!

Ich regelte das auf meine Weise: Natürlich konnte ich einige nicht mit meinen anfänglichen Bitten erreichen, ruhig zu sein. Also musste ich diese Väter auf anderem Wege überzeugen: groß, kräftig, ansehnliche Statur, das gehört zu meinem Auftreten. Dann kommt eine direkte Ansprache mit fester Stimme dazu. Das hat gereicht. Ich kann mich nur an einen Fall erinnern, bei dem noch ergänzend eine recht derbe Wortwahl nötig war, die auch ihre Wirkung hatte.

Und für mich war von vornherein klar: Wenn ich die Kinder im Wasser nicht mehr richtig halten kann, da meine Kraft nicht mehr ausreicht, ist Schluss mit den Schwimmkursen! Und so kam es ja auch. Ich ließ die Kurse auslaufen, machte keine Werbung mehr und verabschiedete mich von Kindern und Eltern mit einem sehr schweren Herzen.«

»Ich weiß«, sagt sein Spiegelbild und schließt die Augen.

»Ich bin noch nicht ganz fertig«, sagt sein Gegenüber.

»Monate später habe ich meine Unterlagen aus einer Schublade meines Schreibtisches herausgekramt, wenn ich in der Stimmung war: Namens- und Belegungslisten, Zeiten, Trainings- und Ablaufpläne. Ich habe sie nach Jahren sortiert: Fünf Stapel habe ich vor mir gehabt, gut tausend Kindern und Jugendlichen habe ich das richtige Schwimmen beigebracht.

Ich bekomme noch heute Besuche oder unterhalte mich mit ihnen, wenn ich meine Schwimmer zufällig treffe: auf der Promenade in der Innenstadt, auf einem Fest oder in irgendeinem Schwimmbad. Manchmal lese ich auch im Sportteil der Zeitung über die Erfolge von denen, die früher in meiner Schwimmschule waren. So war's!«

Sein Spiegelbild nickt und fragt nach einer Weile, wie diese Geschichte mit seiner Schwimmschule überhaupt angefangen habe. Der Seebär kneift seine Lippen leicht zusammen.

Er sieht aus dem Zugfenster, hört sich und dann eine Stimme am Telefon reden: »Worum geht es bitte? Eine Schwimmschule wollen Sie aufmachen? Ja, gerne, aber nicht hier, da sind Sie leider falsch. Nein, ein Schwimmbecken haben wir nicht. Nein. Ach so, Sie waren früher selbst Bade- und Schwimmmeister? Schön. Und Sie haben alle Befugnisse? Schön. Anmieten? Ein Becken bei uns? Das kostet, und nicht nur das. Da müssen Sie Versicherungen abschließen. Moment einmal. Ja, da muss ich gucken, so einfach geht das nicht. Rufen Sie bitte mal unter folgender Nummer an. Haben Sie es?«

»Wie oft habe ich dort angerufen? Wie oft habe ich mein Vorhaben vorgestellt? Nicht wichtig, es hat geklappt; ich habe meine Schwimmschule angemeldet und aufgemacht. Fertig.«

Er sieht weiter aus dem Fenster. Der Zug rumpelt ruhig, verlangsamt sein Tempo, nimmt dann richtig Fahrt auf. Die Landschaften und Wälder ziehen an ihm vorbei. Er lehnt sich zurück, hört Kinder lachen und kreischen. Die Stimme am Telefon klingt angestrengt und fragt: »Hallo? Sind Sie noch dran?«

Er steht in der Zwischenzeit im Bachlauf, das kühle Wasser rinnt zwischen seinen Füßen. Wie ein kleiner Kanal führt der Bachlauf herunter zum angelegten Weiher. Kleine, bläuliche Steine bilden den Grund, der ziemlich rutschig ist. Also heißt es mal wieder aufpassen. Das Wasser umspült seine Füße, dann die Knie. Er stapft weiter, bis das Wasser seinen Bauchnabel erreicht. Weiter geht es nicht in dem kleinen Kanal. Also steigt er aus dem Bachlauf und geht durch die Wiese nach oben, um wieder einzusteigen. Das Wasser zieht den Kleinen an. Es ist kühl und klar. In den Sommermonaten hat es eine besondere Anziehungskraft.

Er bleibt kurz stehen, blickt sich um, was seine Freunde so machen. Nach ein paar Runden im Bach geht er wieder zu ihnen. Sie balgen auf der Wiese herum, einige buddeln in den nahen Sandkästen, andere spielen Fangen in einem Wäldchen, das Schatten spendet. Sie müssen nur auf den »Schütz« achtgeben. Aber das ist für sie kein Problem.

Sie spielen im Deutsch-Französischen Garten, einem Park in Saarbrücken nahe der französischen Grenze.

Daher auch sein Name, aber alle nennen ihn nur kurz »DFG«. Eröffnet wurde die Anlage 1960 als Freundschaftsprojekt von Deutschen und Franzosen, denn Krieg gab es häufiger zwischen beiden. Nur wenige Hundert Meter von dem Park entfernt tobte einst eine erbitterte Schlacht.

Die Familie wohnt auf der Folsterhöhe, nicht weit vom DFG entfernt. »Die Folster« war vor Jahrzehnten ein Vorzeigeprojekt des sozialen Wohnungsbaus. Die Familie ist groß. Vater, Mutter, fünf Schwestern, ein Bruder. Und er halt. Als ihnen dort eine Wohnung zugewiesen wurde, war das Viertel noch im Bau.

Dort haben sie in der Wohnung ein eigenes Bad, das Klo mit Tür ist direkt nebendran. Was für ein Luxus! Die Wohnung hat gut hundert Quadratmeter, versorgt mit Fernwärme, die ganze Wohnanlage hat ein eigenes Blockkraftwerk.

Die fünf Mädels haben ein Zimmer mit zwei Doppelbetten, eine Schwester schläft in einem Einzelbett vorne an der Wand zur Tür. Die Wohnung ist geräumig und hell. Der Gang zwischen den Zimmern ist lang: Wohnzimmer, Esszimmer, eine große Fensterfront, ein richtiger Balkon mit Glastür. Auch eine Diele. Dann Elternschlafzimmer, hinten teilt er sich ein Zimmer mit seinem Bruder. Den jungen Andi zieht es nach draußen. Er ist kein Stubenhocker. Die Freunde warten schon.

An sonnigen Tagen bildet sich an der Kasse des Parks oft eine Schlange von Leuten. Ein herrliches, buntes Treiben. Zur Schule muss Andi noch nicht, die ist erst nächstes Jahr dran. Der Sessellift in dem Park interessiert die Kinder nicht. Auch nicht die Ausstellung in dem großen, offenen Pavillon. Große Bilder von der Stadt Berlin hängen dort, Willy Brandt ist zu sehen. Die Kinder nennen den Pavillon »Berlin«. Die rauen Wände der Halle ziehen sie an, denn sie laden zum Klettern ein. Rauf bis aufs Dach und auf der anderen Seite wieder herunter. Zum Schluss noch ein ordentlicher Satz auf die Wiese. Dort können sie sich abrollen und von der anderen Seite wieder heraufklettern. Ein Heidenspaß! Und auf den Schütz passen die Kinder immer auf. Der alte Kriegsveteran ist der Aufpasser im Park und hat einen Schäferhund als ständige Begleitung. Aber sie sind schneller als er!

Sein Herz klopft, als er die Augen aufmacht und den Mann direkt vor sich sieht. Jetzt steht der Schütz mit seiner Uniform drohend vor ihm. Unbemerkt ist er in das Abteil gekommen und verlangt nun die Fahrkarte. Der Schütz sieht ihn verwundert an, dann setzt er sein freundliches Gesicht auf. Schließlich ist er Schaffner bei der Transsibirischen Eisenbahn.

Andi kramt sein Ticket hervor. Der Schaffner nimmt es, stempelt es ab und gibt es ihm zurück. Später am Abend wird er seiner Frau sagen, dass da ein Tourist in einem Abteil gewesen sei, der ihn mit großen Augen erschrocken angestarrt habe, als wenn er ein Monster wäre. Die Frau lacht und gibt ihm noch etwas von der Suppe.

Nach einer kurzen Pause stehen sie wieder am verabredeten Treffpunkt. Wie immer am »Kassenhäuschen«, das hatten sie so abgemacht. Er und seine Clique – die Jungs und er. Alle stehen ungeduldig in ihren kurzen Buxen mit Hosenträgern. Die Kassiererin ist beschäftigt mit den zahlenden Besuchern, die ordentlich in der Schlange stehen. Sie legen ihr Geld in eine Senke aus Metall, mittels eines Hebels gelangt das Geld zu der Kassenfrau in den Innenbereich. Sie prüft den Betrag, gibt das Restgeld und die gestempelte Eintrittskarte.

Sie steht unter Beobachtung der Jungs. Sie wissen, dass die Kassenfrau hin und wieder eine Pause macht. Darauf warten sie. Dann ist sie kurze Zeit verschwunden oder sie bleibt auf ihrem Sitz und liest Zeitung, wenn wenig Betrieb ist. Und die Theke ist ziemlich hoch. Für die Jungs optimal, um gebückt durchzuhuschen, damit sie nicht bezahlen müssen. Dann geht es gleich rechts an der Ecke des Häuschens vorbei, und schon sind sie im Park. Das gelingt oft.

Anlauf- und Treffpunkt ist mal wieder »Berlin«, die Ausstellung im Pavillon. Eine Runde Klettern kann nie schaden! Oben gibt es noch einen Pavillon aus Glas, der hat sogar einen kleinen Brunnen mit Becken. Und eine Wassertretstelle, eine Kneippanlage, die man durchlaufen kann. Aber dies ist für sie nicht von Interesse. Also geht es direkt nach »Berlin«.

Einer hat Ausschau gehalten nach dem Schütz. Wenn er gesehen wurde und gefährlich nahe kommt, heißt es nur: »Der Schütz kommt!« Da ist er wieder mit seiner Uniform, dieses Mal hat er seine Schirmmütze auf, aber sein Hund fehlt. Vielleicht hat der heute frei. Nein, da ist er. Der Schütz guckt streng um sich, dass keiner Unfug treibt. Er hat sie schon längst gesehen. Sie ihn auch, deswegen heißt es mal wieder aufpassen und später laufen. Aber Angst hat keiner, höchstens Respekt. Auch wenn das Gerücht umgeht, dass der Schütz denjenigen, den er erwische, einfach mitnehme. Der komme dann irgendwo in eine Zelle, hocke da den ganzen Tag. Wenn er Pech habe, auch zwei. Manchmal hat er sie fast erwischt. Dann sind sie neben dem Kassenhäuschen raus, auf einen Hügel. Da waren sie sicher, Aufregung war immer dabei.

Weniger bis gar nicht gefährlich im Gegensatz zum Schütz ist die Kassiererin in der Bahn, die durch den Garten kurvt. Sie sitzt immer im letzten Wagen, eine ältere Frau mit ihrem Wechselgeld, eine aufmerksame Person, die darauf wartet, dass jemand einsteigt. Dann kommt sie kassieren. Für die Jungs kein Problem. Sie warten, bis die Bahn losgefahren ist, rennen nebenher und springen dann auf. Von der anderen Seite des Zuges hört man die Frau schimpfen, aber sie hat auch nie etwas gemacht. Also fahren sie weiter bis obenhin, springen dann heraus, und weg sind sie. Danach machen sie zusammen vergnügt noch eine Tour durch den Bach. Er bleibt im Wasser stehen und lauscht. Er hört ein ungewöhnlich hohes Geräusch, das lauter wird. Er will es nicht beachten, denn das Wasser ist zu erfrischend. Also stapft er weiter. Das Geräusch wird lauter, und so öffnet er die Augen und schaut um sich. Der Wagen bekommt gerade noch die Kurve, ein Hinterrad fängt an zu quietschen. Dicht vor ihm kommt er zum Stehen.

Der Seebär sieht den Mann scharf an. »Teezeit«, sagt dieser in ruhigem Ton, vom Blick seines Gegenübers unbeeindruckt. Er stellt sich freundlich als Alexej vor und merkt an, dass er hier der Zugbegleiter sei und auch keine Uniform brauche. Deswegen gehe er in seinen eigenen Hosen. Der Seebär versucht, dem Gespräch zu folgen, und wird nun wach.

Alexej hebt inzwischen die Kanne hoch in die Luft und lässt die braune Flüssigkeit gekonnt in die Tasse stürzen. Der Mann mit der Schiebermütze ist lässig angezogen. Bequem aussehende Schuhe in einem matten Braunton, weites weißes Hemd und eine Hose in einem eleganten Grau. Die Strümpfe in recht satten Blau- und Rottönen wirken keck. Er ist gut gelaunt, auch wenn er schon vor Tagen nach dem quietschenden Rad sehen wollte, das ihn reichlich nervt.

Der Tee wird dem Mann guttun, denkt er und reicht seinem Gegenüber die Tasse. In sich versunken sitzt der Seebär Andi, trinkt und sieht aus dem Fenster. Dann gießt Alexej nach. Die dunkle Flüssigkeit füllt die Tasse und bewegt sich rhythmisch zu dem Rumpeln des Zuges. Kleine, zitternde Wellen, schön anzusehen. Sie verschwinden mit einem Schluck im Bauch des Seebären.

»Na, dann weiter gute Reise«, wünscht Alexej dem Fahrgast, fährt rückwärts mit seinem Wagen aus dem Abteil und schließt leise die Tür.

Der Fahrgast schlürft langsam seinen Tee und hält die wärmende Tasse in seiner Hand, während der Zug gemächlich weiter schaukelt. Der Tee wärmt seinen Bauch und lässt ihn ruhig atmen.

Leichte Kräusel bilden sich auf der Stirn seines Spiegelbildes. »Gut, meine Geschichte mit der eigenen Schwimmschule beginnt eigentlich nicht mit den Telefonaten, die mir durch den Kopf gehen, auch wenn ich sie als ›Schwimmschule Seebär‹ angemeldet habe«, sagt er seinem Gegenüber direkt ins Gesicht.

Er schaut aus dem Zugfenster und stutzt. Er sieht dort jemanden, der so aussieht wie er. Er bewegt seinen Kopf hin und her. Das ist wieder sein Spiegelbild, aber er sieht auch einen Mann in einem weißen Kittel vor sich sitzen.

Er weiß noch, wie der Arzt ihn ansah und dann aus dem Fenster seiner Praxis blickte. Und er hört noch seine dunkle, leicht beschwingte Stimme: »Ja, warum werden Sie denn nicht einfach ein Seebär? Groß, stattlich, Bauch, das würde doch gut zu Ihnen passen.«

Er dachte anfangs, er höre nicht recht, deswegen fragte er noch einmal nach, wie der Mann im weißen Kittel das denn meine. »Was würden Sie denn machen, wenn Sie nicht mehr operieren könnten?«, fragte er ihn forsch.

Der Arzt erwiderte mit seiner surrenden Stimme, ohne eine Denkpause zu brauchen: »Na, Bücher schreiben, mein Wissen weitergeben, das würde ich machen!«

Nach einer kurzen Pause fügte er lässig hinzu: »Und mit der jahrzehntelangen Erfahrung als Schwimmlehrer haben Sie doch Ihren eigenen persönlichen Schatz, den Sie mit anderen teilen können, mit Kindern zum Beispiel. Der Bär zeigt, wie es geht; er schwimmt selbst und erzählt über das Schwimmen: Das meine ich mit Seebär!«

Der klebt mit seinem Kopf an der Scheibe des Zugfensters. Sein Atem bildet ein dunstiges Feld am Fenster. Der Arzt schien etwas erleichtert, da sein Patient wohl langsam verstand, dass es mit dem Schwimmen nun endgültig vorbei war.

»Später lag ich mit ausgestreckten Beinen zu Hause auf dem Sofa. Ich konnte einfach nicht so richtig fassen, was der Mann mit dem Kittel meinte. Aber irgendwie hat es mir schon damals gedämmert, das habe ich gespürt.

Und ›damals‹, das hört sich so unendlich lange und weit an. Dabei ist es erst ein paar Jahre her. Ich, der Leistungssportler, fühlte mich so schwach, wenn ich nur die Treppe hochgehen wollte. ›Irgendetwas stimmt doch nicht‹, habe ich laut zu mir gesagt und dabei geschnauft. Aber nur dann, wenn ich alleine war.

Dann wuchs jeder Treppenaufstieg zu einer Herausforderung, die alle Kraft brauchte. Was war zu tun? Ich machte mich auf die Suche, was die Ursache dafür sein könnte. Untersuchungen, Arztbesuche und -gespräche folgten. Keiner stellte eine Diagnose. Ratlose Blicke, hochgezogene Schultern mit gepressten Lippen oder nachdenkliches Stirnrunzeln der Ärzte begleiteten ihre Ausführungen.

Dann kam der ärztliche Ratschlag, mit dem aktiven Schwimmen aufzuhören. ›Damals‹, ich kann es nicht mehr hören. Ich ging nach dem Arztgespräch nach Hause, zog meine Jacke aus, setzte mich in einen Sessel im Wohnzimmer, schimpfte laut über den Mann in seinem schönen weißen Kittel. Dann schloss ich lange meine Augen und atmete durch.«

Er erzählt seinem Spiegelbild, wie er anschließend ins Badezimmer ging, sich vor den Spiegel stellte und sich von oben bis unten betrachtete. Ihm ging durch den Kopf: »Seebär. Groß. Erfahrungen an Kinder weitergeben. Schwimmlehrer. Nicht mehr operieren. Stattlich. Bauch. Jahrzehntelang. Das würde passen.« Im Spiegel stand eine fremde Person, die zu ihm sprach und die er nicht verstand.

Er brauchte gut drei Wochen, dann stand für ihn fest, dass er eine Schwimmschule gründen wollte. So beginnt diese Geschichte, seine eigene als Seebär.

Erinnerungen an seine »Schwimmerei« kamen zwei Tage nach dem Arztgespräch. Eigentlich waren sie schon immer da, hin und wieder gingen ihm schon vorher Situationen durch den Kopf. Aber jetzt kamen sie öfters und vehement, ohne anzuklopfen. Sie schossen in seine Gedankenwelt, wenn er nachts wach lag, oder sie weckten und packten ihn. Sie ließen ihn nicht mehr los, wollten manchmal gar nicht mehr gehen.

Mit der Zeit änderten seine Erinnerungen ihre Strategie. Sie schmiegen sich an sein Denken oder ziehen ihn behutsam ein Stück weit herunter, wenn er kurz vor dem Einschlafen ist. Dann kann er sich ruhig in Gedanken treiben lassen.

Irgendwo zwischen Perm und Tjumen geht ihm durch den Kopf: Er ist nun selbst nicht gerade klein oder schmächtig, im Gegenteil. Ein Brocken, genannt der Seebär. Aber jetzt ist er unter richtigen Kolossen. Wenn er sich mit Freunden oder Bekannten trifft, kommt er sich groß, gut gebaut vor. Aber hier? Alle mindestens einen halben Kopf größer als er, muskelbepackt, athletisch.

Er hat wirklich viel Wettkampferfahrung, ist auch kein Leichtgewicht; ein Kämpfer, lächelnd und siegesgewiss. Aber hier fühlt er sich wie ein kleiner Junge unter Großen. Einige dieser Riesen sprechen wohl Spanisch oder so etwas Ähnliches. Laut sind sie, einige haben Augen wie Stiere, die man besser nicht reizen sollte. Es klingt nach billigem Klischee, aber so ist es hier. Wie lange warten sie schon auf ihren Aufruf? Glatte, wohlgeformte, massige Berge von Muskeln mit ernsten, grimmigen Gesichtern sitzen mit gehörigem Abstand jeder für sich auf der Bank. Sie verschränken ihre Arme oder pressen ihre Faust in die andere Hand. Oder sie gehen unruhig schnaufend umher.

Das hier sind keine Muskelpakete, sondern lebendig gewordene Statuen, zum Leben und zum Siegen erwacht mit diesen stechenden Augen, denkt er, als er sich auf eine Bank in der Umkleidekabine setzt.

Er kennt die Spielchen, einige gucken aufreizend, zeigen ihre Muskeln, indem sie sie anspannen, so als ob sie sich immer so bewegen würden. Sie tun so, als ob sie ihn ignorierten. Nein, die Kolosse hier ignorieren ihn tatsächlich! Für sie ist er noch nicht mal Luft, sondern einfach nicht anwesend. Keine Spur von ihm.

Er ist heilfroh, als der Aufruf kommt, es in die Halle geht und er nach dem Pfiff endlich eintauchen kann in sein Wasser. Dort ist er stark, als wenn das Wasser ihn ziehe, damit er schneller wird. Als wenn es ihn ausspucken wolle, als er die Wand sieht, um ihm noch einmal einen Schub zu geben und zu finishen. Mit Europarekord wird er Vizeweltmeister. Er taucht kurz unter Wasser, atmet kräftig aus und steigt unter Jubel aus dem Wasser. Nach kurzem Abtrocknen reckt er seine Faust langsam nach oben.

Dann geht er in ein Zimmer und setzt sich. Ihm sitzt ein Mann gegenüber. Das Licht fällt von der Seite auf ihn und wirft Schatten an die Wand. Er ist etwas älter als der Arzt, der ihm die Empfehlung gab, auf den Leistungssport ganz zu verzichten, sein Wissen und seine Erfahrungen weiterzugeben.

Auch dieser Mann ist sehr freundlich; er möchte aber Klartext reden und reinen Wein einschenken. Der Mann bittet ihn daher, ins Nebenzimmer mitzukommen.

Draußen hört man einen Zug vorbeifahren. Das rhythmische Rauschen der vorbeirasenden Wagen füllt den Raum. Der Arzt lässt sich in seiner Rede nicht stören. »Amyotrophe Lateralsklerose nennt man das, worunter Sie leiden. Es gibt unterschiedliche Verläufe, besonders das Atmen wird schwerer.«

Der entgegenkommende Zug ist schon seit einiger Zeit vorüber, Ruhe ist eingekehrt. Dann hebt der Arzt seinen Kopf, um seine leicht verrutschte Brille geradezurücken. Mit fester Stimme erläutert er seinem Gegenüber, dass diese Diagnose nicht auszuschließen war.

Er schüttelt den Kopf. Folgendes schießt dem Seebären durch den Kopf: Endlich hat das Kind einen Namen! Da weiß man doch, was man hat! Wie oft bin ich zu Kliniken gefahren, habe mich untersuchen lassen und bin gequält wieder zurück. Gequält hat diese elende Ungewissheit. Fünf Jahre hat sie gedauert. Kein Arzt konnte oder wollte sich festlegen auf eine Diagnose.

Sein Spiegelbild hört weiter zu.

»Der Boden unter meinen Füßen ist manchmal wie weggezogen; ich kann mich nirgends festhalten! Ich atme schnell, greife um mich und stürze! Ich falle und falle, die Zeit steht still, dann winde ich mich in eiskaltem Wasser! Aber dann: Dann halte ich die Luft an, drehe mich und tauche auf. Ich balle meine Faust, strecke meinen Arm unter Wasser, und dann sage ich zu mir: Ich kann doch schwimmen!

Und ich habe nach diesem Schock selbst über meine Krankheit gelesen. Mich informiert, in Fachbüchern gelesen, im Internet recherchiert, weitere Gespräche mit Ärzten gesucht und gefragt, gefragt, gefragt. Auch Kontakte zu einer Selbsthilfegruppe geknüpft. Wir schreiben, tauschen uns aus. Zwei liebe Menschen aus der Gruppe sind in der Zwischenzeit gestorben.«

Nach einer Pause sagt er:

»Stephen Hawking, der hatte das doch auch! Der Astrophysiker im Rollstuhl; hat sich viele schlaue Gedanken gemacht über Zeit und Kosmos. Ein Genius. Über Jahrzehnte lebte er mit dieser Krankheit. Vor einiger Zeit ist er gestorben, mit 76 Jahren. Alt ist er geworden, und sein Kopf funktionierte noch!

Das will ich doch auch: etwas erleben, reisen, genießen, quatschen, mit dem Hund raus, in der Natur auftanken, mich an Kleinigkeiten erfreuen, weiter politisch interessiert sein, Artikel schreiben über aktuelle Schwimmerfolge anderer, auf Rockkonzerte gehen! Die Hauptsache ist, dass der Kopf dranbleibt und noch richtig funkt. Und das Heulen kommt später.«

Er sieht weiter aus dem Zugfenster. Und was bleibt von mir?, fragt er sich. Und wie soll es überhaupt weitergehen? Atemgerät mit Maske habe ich schon – damit kann ich umgehen! Kümmelbrötchen, Croissant, Kaffee, Tee und ein guter Wein – das kann ich genießen! Gute Musik – die muss sein! Und laut muss sie sein! Die Schmerzmittel dürfen natürlich nicht fehlen, wenn der Tag gut werden soll! Ein Luftröhrenschnitt? Ja! Aber bitte nur, wenn es unbedingt nötig ist! Bitte nur dann!

Vor nicht allzu langer Zeit hat er noch gedacht, »palliativ« bedeute Sterbebegleitung kurz vor dem Tod. Er ist froh, dass er sich da getäuscht hat, denn die palliative Versorgung setzt viel früher ein und bietet medizinische Betreuung, Beratung, Fürsorge. Ein ambulantes Betreuungsteam kommt nach Hause. Das hat ihn in der Zwischenzeit schon mehrmals besucht. Ein Segen.

Wie so oft hat er vieles darüber im Internet gefunden: »palliare« bedeutet »mit einem Mantel bedecken«. Ein Mantel, der wärmt und der ihm schon öfters behutsam umgelegt wurde. Und nichts wird bemäntelt, denn er will und kann offen mit seiner Krankheit umgehen.

Die Reaktionen seines Umfelds sind unterschiedlich: Manche, die von seiner Krankheit erfahren, sind geschockt. Ihre Rede stockt, sie schlucken, eine Träne läuft, manchmal auch mehrere. Manchmal laufen Rotz und Wasser. Manche tun ganz abgeklärt und verständig: »Klar, ALS, kenne ich, eine schwere Krankheit.«

Und manche haben sich nie einmal gemeldet, ihn nie einmal besucht. Ist ja auch schwierig für sie!, denkt er und schüttelt den Kopf.

Aber meine Frau hält zu mir. Und meine beiden Söhne auch. Freunde und Bekannte helfen, wenn es geht. Familie ist für mich so wichtig, auch so etwas wie eine Heimat, was angenehm vertraut ist und Sicherheit spendet.

Sein Spiegelbild nickt und sieht an ihm vorbei, weil es etwas gehört hat. Er sieht im Gang den Zugbegleiter mit seinem Teewagen vorbeigehen und winkt ihm zu. Der hält an und öffnet die Abteiltür.

»Ein Tee ist jetzt genau das Richtige«, sagt der Seebär zu ihm und wundert sich, dass der Mann ihn wohl sofort verstanden hat, denn der füllt eine Tasse und reicht sie ihm; dabei erzählt er seine Geschichte. Der Seebär ist froh über die Abwechslung.

Er heißt Alexej und hat vor dieser Arbeit bei der Transsibirischen Eisenbahn lange Jahre in Deutschland als Bodenleger gearbeitet. Er hat dort alles gemacht, weil er es kann: Parkett, Fliesen, Laminat, Teppich. Vor über zwanzig Jahren ist er nach Deutschland gekommen, in die Nähe von Stuttgart. Mit der Firma, die ihn einstellte, ging es abwärts, Schulden konnten nicht mehr beglichen werden. Für ihn eine schwierige Zeit.

Es war ein recht kleiner Betrieb, vielleicht sieben Mann. Er hatte einen guten Kontakt zum Chef, daher bekam er die Schwierigkeiten direkt zu hören. Was ihn zusätzlich belastete, waren die Nacharbeiten gerade in den Häusern von Leuten, die er kannte. Schlechtes Material, unsaubere Arbeiten, Beschwerden der Kunden: Auch für die Nacharbeiten war er leider zuständig. Er war nach der Pleite nur kurz arbeitslos. Er arbeitete zunächst wieder als Bodenleger, dann in einem Montagebetrieb für drei Jahre.

Der Wechsel zur Schichtarbeit bekam ihm nicht gut. Schlafstörungen und Nervosität gehörten zu seinem Alltag. Zu ihrem Alltag. Die Unruhe bemerkte natürlich auch seine Frau. Die ersten Monate hat sie nichts dazu gesagt, da sie dachte, das werde sich nach der Umstellung legen. Nichts legte sich, im Gegenteil: Seine Unruhe wuchs, er war schon beim Frühstück zappelig, suchte nach Salz, Zucker, Milch, die bereits auf dem Tisch standen. Zuerst trafen sie vorwurfsvolle Blicke, später kam ein Schnaufen dazu, das seine Empörung darüber ausdrücken sollte, dass wichtige, essenzielle Sachen für sein Frühstück fehlten. Wie sollte er da sein Tagwerk verrichten, wenn ihn seine Frau nicht dabei unterstützte?

Er dachte, seine leichte Unruhe gehöre einfach zur geänderten Arbeitssituation. Letztlich eine biologische Frage der notwendigen Umstellung seines Organismus. Ihm gingen die Gespräche mit seinem Vater durch den Kopf. Der war früher Bergmann, hat sich für seinen einzigen Sohn dumm und dämlich geschuftet. So hat er es Alexej gerne unter die Nase gerieben. Der wusste zwar, dass vieles von seinen Erzählungen maßlos übertrieben war und auch nicht der Wahrheit entsprach. Getroffen hat es ihn trotzdem. Ein ordentlicher Batzen von Vaters Lohn ging bei seinen Spielabenden den Bach hinunter. Und wenn er verlor, wie so häufig, war das wieder ein Grund mehr zu trinken.

Durch die Wechselschichten bekam Alexej mehr Lohn als vorher. Das war gerade am Anfang für ihn verlockend. Die Reparatur des Autos war kein Problem mehr. Einen neuen Anlasser, neue Batterie und neue Reifen konnte er sich locker leisten. Er führte gern seine Frau aus, sagte ihr, dass nun bessere Zeiten auf sie warteten.

Aber seine Stimmung kippte nach eineinhalb Jahren. Sie kippte nicht sofort, sie geriet langsam in Schieflage, dann fiel sie tief. Wenn etwas im Alltag nicht klappte, hatte er es früher mit einem Handschlag abtun und damit abhaken können. Ihm ist ein Teller heruntergefallen und zu Bruch gegangen? Er wollte sowieso noch zu »Ikea«, um eine neue Stehlampe zu holen, aber eine, die richtig leuchtet. Das Auto hat einen Kratzer am Kotflügel? Der ist klein, lässt sich abschmirgeln und kann mit dem Lackstift bearbeitet werden. Kein Problem, fertig!

Seine Lockerheit war verschwunden, der Ärger war geblieben. Er war permanent unzufrieden: mit sich, seiner Frau, der Welt. Nur schlecht gelang es ihm, vor seiner Frau seine schlechte Laune zu verbergen oder zu überspielen. Erschwerend kam für ihn hinzu, dass sie schon lange ein Paar waren und sie wusste, dass er ein schlechter Schauspieler war. Und er wusste, dass sie das wusste. Aber sie spielte mit, wenn sie den Eindruck hatte, dass er sich Mühe gab. Dass diese Einschätzung sehr stark von ihren eigenen Launen abhängig war – und sie war sehr launisch –, spielte dabei keine Rolle.

Er hätte noch so weitermachen können, einfach die Schlagzahl erhöhen, sich etwas zusammenreißen, davon war er überzeugt. Seine Frau nicht. Sie machte Stress. Riesenstress. Seine Reaktion: Sie will immer mehr und ist nie zufrieden: neue Teller, neue Lampe! Vielleicht auch noch ein neues Auto? Einen neuen Mann?

Alexej macht jetzt die neue Arbeit bei der Eisenbahn gerne, viele Freunde sagen, er gehe darin auf, er habe irgendwie Talent als Tee-Einschenker. Das liege wohl im Blut, sagen sie, schon sein Vater konnte gut einschenken. Gut, dass sein Vater es nicht mehr mitbekommt, dass er eine Arbeit daraus gemacht hat. Eine richtige Arbeit war das nicht für einen ehemaligen Bergmann. Er ist vor vielen Jahren verstorben, Alexej besucht immer sein Grab in Jekaterinburg, wenn es seine Arbeit zulässt, was nicht oft der Fall ist.

Alles das hat er dem Seebären aber nicht erzählt. Er sagte stattdessen: »Ich habe über einen Freund von der Möglichkeit erfahren, bei der Transsibirischen Eisenbahn zu arbeiten. Anfangs lachte ich und fragte ihn: ›Etwa als Schaffner?‹« Nach einer kurzen Pause mit einem ernsten Gesicht fährt er fort: »Dann erzählte der von einem guten Bekannten, der als Schaffner arbeite und gerne über seine Arbeit erzähle: Die Arbeitszeit sei genehm. Er habe Touren, auf denen er zurückfahre. Seine Frau warte schon mit dem Essen auf ihn. Und da gebe es nicht nur Suppe!« Alexejs neue Arbeit bei der Transsibirischen Eisenbahn wird weit schlechter bezahlt als seine Schichtarbeit, aber sie bietet ihm einige Vorteile. Er reist gern, hat entlang der Strecke Familienangehörige, Freunde und Bekannte, die er besuchen kann. Nachdem er das herausgefunden und einige Telefonate geführt hatte, wechselte er zur Bahn. Er wird zwar nur als Springer eingesetzt, aber er ist zufrieden.

Und er könne gut Tee kochen, sagt er. Das könnten zwar viele, aber er beherrsche das Kochen und Eingießen dieses köstlichen heißen Getränks besonders gut. Das wurde ihm oft gesagt von Freunden, Bekannten, Verwandten. Nach einiger Zeit merkte er es selbst. Und er machte damit Eindruck, als er sich für die Stelle bewarb. Jetzt wohnen er und seine Frau in Nischni Nowgorod, einer Millionenstadt, gut 400 Kilometer östlich von Moskau gelegen. Sie haben einen Sohn, der in der Nähe von Stuttgart geblieben ist. Seine Frau und er sind später zurück nach Russland. Aber das sei eine andere Geschichte.

Er erzählt auch, dass er seinen ehemaligen Chef später noch einige Male mit dessen Sportwagen gesehen habe. Einmal standen sie beide mit ihren Autos an einer roten Ampel, gegrüßt haben sie sich. Es war ein trockener Gruß, ein angestrengtes Verziehen der Mundwinkel, das wie ein Lächeln aussehen sollte. Irgendwie war die lange Wartezeit an der Ampel zu überbrücken. Dann schaltete die Ampel auf Grün, und weg war der Mann mit seinem Rennwagen.

Alexej verlässt mit seinem Wagen wieder das Abteil und summt dabei leise irgendeine russische Weise. Der Seebär hält seine volle Tasse, nippt an ihr und stellt sie auf die Ablage. Er schläft ein, ohne vorher einen Blick aus dem Fenster geworfen zu haben.

Das regelmäßige Poltern und Klopfen begleitet seinen Schlaf, dann wacht er irgendwann auf. Er weiß nicht mehr, wo es begann. Draußen zieht die Taiga vorbei, und es wird bereits dunkel. Irgendwo zwischen Tjumen und Omsk. Vielleicht auch woanders. Er weiß aber noch, dass es sehr laut zuging.

Die Geschichte beginnt mit seiner eigenen Unruhe, die ihn aufwachen lässt. Er dreht seinen Kopf hin und her, um es sich bequem zu machen, dann seinen massigen Oberkörper. Es nutzt nichts, auch die Decke, die er zu sich hinaufzieht, hilft nicht. Dann wird es im Nachbarabteil laut. Er hört Männerstimmen, auch ein durchdringendes Piepen, Klopfen und Krachen. Das würde er noch ertragen, aber hin und wieder donnert etwas gegen die Zwischenwand. Dann hört er ein Hämmern und zu guter Letzt ein Grölen und Lachen der Männergruppe von nebenan. Dann ist es kurze Zeit ruhig, er versucht zu dösen, aber der Lärm beginnt wieder von vorne. Er ist genervt und geht zur Toilette, die am Ende des Ganges liegt. Müde und schlecht gelaunt kommt er zurück. Er geht sehr langsam, um nicht zu fallen.

Zwei junge Männer schieben sich im Gang vorsichtig an ihm vorbei. Sie tragen zwei graue Kästen, aus denen sich bunte Kabel herausschlängeln. Ein weiterer Mann folgt und hält eine Kabeltrommel. Der drängelt ebenso vorsichtig, um an ihm vorbeizukommen. Andi ist wieder zurück auf seinem Sitz und verschnauft.

Ein groß gewachsener Mann mit schwarzem T-Shirt kommt zu ihm ins Abteil und bittet ihn, mit ins Nachbarabteil zu kommen. Andi guckt ihn fragend an. Der Mann erwidert: »But you want it and now you get it« mit rauer Stimme in einem angenehm säuselnden Englisch. Ruhe kehrt für einen Moment ein, das regelmäßige Rumpeln des Zugs ist wieder zu hören. Der säuselnde Engländer führt ihn zum Abteil, indem er Andi einen Arm um die Schulter legt und dabei leicht mit seiner Hand drückt.

Als sie dort eintreten, beginnt ein Mann, auch im schwarzen T-Shirt und mit einer ebenso schwarzen wie langen Mähne, seine E-Gitarre anzuschließen. Ein kurzer Blick zu seinem Nebenmann reicht. Dann gibt das Schlagzeug – bearbeitet von einem Mann, der als einziger nicht ein schwarzes T-Shirt trägt, sondern gar keins – den furios hämmernden Takt vor. Die Gitarre nimmt ihn auf, die Akkorde peitschen kurz und kraftvoll, die Riffs wechseln schnell im Takt. Der Mann an der Gitarre verzieht keine Miene und sieht Andi locker an. Das Schlagzeug lässt keine Zeit, um Luft zu holen, es übt Druck aus, der in Andis Glieder fährt. Auch sein Bauch fängt an, im Takt zu beben und zu zucken. Ein Mann im schwarzen T-Shirt, der Sänger, geht einen halben Schritt zum Mikrofon, senkt seinen Kopf, seine Haare fallen nach unten und verdecken sein Gesicht. In dem Moment geht sein Mund nach oben zum Mikrofon, er fängt unbändig an zu schreien. Animalisch und durchdringend, aber zugleich melodisch fängt er an zu singen: *»I'm in hiding, but not now. Here I am.«*

Die Gitarre nimmt die Melodie auf, das Schlagzeug hämmert unerbittlich weiter; Andis Füße stehen nicht mehr still, ein feuriges Gitarrensolo reißt an, die Finger des Gitarristen tanzen wild auf und ab. Es stoppt dann abrupt, nur noch die Bassdrum ist zu hören und zu spüren. Kurz und trocken stößt sie seinen Körper.

Es ist seine Musik, die er liebt. Seine Füße stampfen, seine Hände klatschen, sein Kopf ruckt im Takt. Er ist in der Musik. Er rockt wie früher, als er jung war, als er gesund war. Erschöpft atmet Andi durch, stützt sich an der Wand ab und lässt sich innerlich fallen.

Über das Mikrofon ertönt eine Stimme: »Und zu unserem nächsten Konzert laden wir dich gerne wieder ein, Andi. Dann haben wir auch etwas mehr Platz als hier. Alex, Roman und Gulli sind wieder dabei. Und wenn du wieder zu Hause bist, rocken wir dein Wohnzimmer. Aber einen können wir noch.«

Der Mann an der Gitarre senkt seinen Kopf, klimpert ein paar Akkorde vor sich hin und stimmt sein Instrument. Dann fängt er langsam an, eine kurze Melodie zu spielen, und wiederholt sie mehrere Male. Das Schlagzeug setzt schleppend ein und stoppt mit einer Snare Drum. Dann fängt der Mann an der Gitarre an zu singen:

«Here come old flattop
He come groovin' up slowly
He got joo-joo eyeball
He one holy roller
He got hair down to his knees
Got to be a joker
He just do what he please

He wear no shoeshine
He got toe jam football
He got monkey finger
He shoot Coca Cola
He say I know you, you know me
One thing I can tell you is
You got to be free

Come together, right now
Over me» [2]

Andi ist weg. Hin und weg. Dann beendet der Gitarrist den Song der Beatles mit einem gefühlvoll hingerotzten Solo, das unter die Haut geht. Der Musiker hebt seinen Kopf, sieht in die Runde und nickt ein paarmal nach dem Ausklingen des Schlussakkords.

Eine Gruppe von Reisenden schiebt sich währenddessen durch den Gang, bleibt stehen und sieht diesem kleinen, aber doch recht lauten Spektakel zu. Nach dem Ende des Auftritts entsteht eine Stille, dann gehen die Leute nickend und applaudierend weiter.

Er sitzt wieder allein in seinem Abteil, hört das Rumpeln des Zuges, das einen gemächlichen Takt anschlägt. Bilder des Konzerts laufen in seinem Kopf; Szenen mit lauter Musik füllen das Abteil, seine Füße fangen wieder an zu wippen. Der Schlussakkord beendet diesen Film. Er ist erschöpft und fühlt sich glücklich. Später traurig, tief traurig.

2 Auszug Songtext «Come together», The Beatles *(www.songtext.com)*

Am nächsten Tag ist er mal wieder mit seinen großen Schwestern runter in die Stadt. Ins Kaiser-Friedrich-Bad, wie so oft. Nach dem Kaiser wurde damals alles Mögliche benannt: Straßen, Hallen und halt Schwimmbäder. Ein Stadtbad war es damals, heute wird es als Wohnanlage genutzt. Im Bad ist es immer toll. Und rappelvoll. Leute drängeln an der Kasse, eine Menschenschlange entsteht schnell, die sich an den Nierentischen im Eingangsbereich entlangwindet. Manchmal reicht sie bis draußen. Gerade dann, wenn Badetag ist. Einmal die Woche gehen viele Familien dorthin. Dann geht es in die Abteilung Wannenbäder, was für ein Treiben! Eine Stunde haben sie Zeit in den großen Kabinen. Dort können sie sich umziehen, waschen, baden, die Männer rasieren sich.

Türen auf, Türen zu, lautes Stimmengewirr. Sind die Türen auf, hallt es bis in die Gänge. So hallt es auch noch heute in seinem Kopf. Sind die Türen geschlossen, werden die Geräusche leise, dumpf hört er Stimmen, Brummen und Zischen. Der vierjährige Pimpf treibt sich in dem Bad herum, denn er ist auf Entdeckungstour.

»Irgendwo sind doch meine großen Schwestern. Die Schwimmbecken sind dahinten, sie sind da wohl schon drin. Ich will auch.« Die Waschfrauen sind in den Kabinen und arbeiten. Wenn sie fertig sind, kommt die nächste Kabine dran. Tür auf, Tür zu. Sie wischen, desinfizieren, unterhalten sich dabei. Tür auf, Tür zu, die nächste ist dran!

Das Schwimmbad wird zu einem geliebten Zufluchtsort vor dem prügelnden Vater. Zu Hause haben alle seinen Jähzorn und seine Schläge zu ertragen. Aber hier gibt es einen ungestörten Schutzraum, in dem er sich frei bewegen kann.

»Wasserpuddeln« ist für ihn das Größte, alles hat er sich selbst beigebracht. Planschen im Nichtschwimmerbecken? Von wegen! Getaucht im großen Becken, bis an die Grenzen gegangen! Noch einen Meter, noch einen halben. Unten bleiben, noch eine Minute. Dann noch eine.

Die Bademeister waren schon da, haben anfangs interessiert geguckt, was er da macht. Dann gab es angespannte, besorgte Blicke. Sie waren in Bereitschaft, hineinzuspringen. Er tauchte selbst wieder auf, atmete durch und verließ in Ruhe das Becken. Für seine Aktionen war er nach einiger Zeit bei ihnen bekannt. »Ach, der schon wieder.« Respektvolles Nicken war immer dabei.

Diesmal traut er sich noch weiter ins Becken. Er schluckt Wasser, sein Kopf wedelt hin und her. Nach einiger Zeit werden seine Bewegungen ruhiger. Er spürt, wie er auf dem Wasser liegt und anfängt zu schweben. Es trägt ihn. Ein starkes, wohliges Gefühl durchströmt seinen Körper. Er fühlt sich sicher – ein unbeschreibliches Glücksgefühl. Es begleitet ihn auch in schweren Zeiten, die er gut kennt.

Das Planschbecken ist neben der Rutsche, die in das große Becken führt. Da muss er hin. Danach geht es dann weiter. Das Becken hat eine Steintreppe mit Kacheln, die ins Wasser führt. Seine Füße sind schon im Wasser, dann kommt noch eine Stufe, dann noch eine. Bei der nächsten ist Schluss. Er taucht ab und kurze Zeit später wieder auf und versucht, ruhig auf dem Wasser zu liegen. Er schlägt ins Wasser, zappelt und hält sich so an der Oberfläche.

Dann steht er vor einem tiefen Schwimmbecken. Er sieht die Großen, wie sie ruhig hin und her schwimmen, manche nebeneinander, sich sogar dabei unterhalten. Er beugt sich nach vorne, die Arme ausgestreckt, seine Füße finden noch Halt. Dann lässt er sich langsam weiter nach vorn kippen. Er rutscht, paddelt hektisch, um sich über Wasser zu halten. Er hat Angst, aber er schwimmt ein Stück weiter raus. Schwimmen kann man das eigentlich nicht nennen. Es ist eher ein hektisches Paddeln, um sich mal wieder über Wasser zu halten.

Er hebt den Kopf, um zu sehen, wo er sich befindet. Für den Beckenrand wird sein Atem doch reichen. Im Schwimmbecken merkt er, dass es hinten noch weitergeht. Das Schild »Schwimmer«, das an einem dicken roten Strick hängt, kann er damals nicht lesen. Dort geht es tief hinunter, das reizt ihn. Abends schläft er so fest, dass er diesmal den Streit zwischen seinen Eltern nicht mitbekommt.

Tage später steht er mal wieder vor dem Kassenhäuschen des Kaiser-Friedrich-Bades und wartet auf seine großen Schwestern. Er ist froh, dass sie ihn jedes Mal mitnehmen. Sie sind seine Rettung, denn er muss wieder in das tiefe Wasser.

Sie gehen zusammen vorbei an den Nierentischen zur Kasse. Sie zahlen und erhalten einen Schlüssel an einer Messingkette mit der Nummer ihrer Umkleidekabine. Die Eintrittskarte wird abgestempelt. Auf zwei Stunden ist die Badezeit begrenzt.

Er wird von einer Schwester an die Hand genommen, die ihn in die Damenumkleidekabine mitnimmt. Schnell ist der Kleine umgezogen und hat seine Badehose an. Zuerst muss er durch die kalte Schwalldusche, dann durch ein kleines Becken, das einen guten halben Meter tief ist. Dann kommt das Nichtschwimmerbecken. Er steht im

Wasser, zehn Meter sind es bis zum Beckenrand. Er paddelt herüber auf die andere Seite, freut sich wie ein Kind, das er damals war. Immer wieder wechselt er die Seiten. Dann sieht er am Beckenrand, dass es noch weitergeht. In dem richtig großen Becken schwimmen die Großen und seine Schwestern. Da muss er später auch rein.

Oje, ist das tief dort, wo die Großen schwimmen! Wie machen die das? Wenn ich mich ganz ruhig auf den Bauch lege, fange ich an zu schweben, das sind seine Gedanken. Und dann heißt es langsam paddeln. So ist er immer weiter bis an den Beckenrand gekommen. Bis dorthin hat die Luft gereicht.

Er atmet ruhig aus, öffnet die Augen, sieht die vorbeiziehenden Landschaften. Gelbbraune Felder, rechteckig und groß. Weiter kommt er nicht, denn die Erinnerungen ziehen ihn wieder in seine Vergangenheit.

Sie sind mal wieder unterwegs, stehen ungeduldig auf der Malstatter Brücke in Saarbrücken. Einige Jungen springen von einem Bein auf das andere, andere halten sich am Geländer fest und wippen mit ihren Hüften nach vorne, nach hinten, zur Seite.

Der Zug ist schon von Weitem zu erkennen. Als er die Kurve nimmt und auf sie zukommt, steigt die Unruhe. Es rumpelt und zischt unter ihnen, kurze Zeit später sehen sie nichts mehr. Sie kreischen und rufen »Oh Mannomann« und »Heißa«. Als der Dampf sich verzieht, sehen sie sich lachend an und sind glücklich. In einer halben Stunde kommt der nächste Zug! In der Zwischenzeit verabreden sie sich für das nächste Wochenende im Saarbrücker Deutschmühlenbad.

Dort spielen sie jetzt stundenlang auf einem breiten Steinklotz, der irgendwann dort aufgestellt wurde. Fünf Meter breit, über einen Meter hoch. Mindestens. Für die Kinder ein herrlicher Spaß: Sie klettern auf den Stein und sind dann Kapitän oder Seeräuber, die auf das Meer spähen. Oder Bergsteiger, die nach dem schwierigen Aufstieg den Ausblick genießen. Der Klotz ist breit genug, jeder darf mal ran.

Dann haben sie genug, und die Horde zieht weiter zur »Liebeswiese«. Die liegt hinten am Wald. Ein Stück weiter hoch, am Zaun des Freibades. Die Jugendlichen rekeln sich, legen sich gemütlich auf den Rücken. Immer sitzen oder liegen die Pärchen eng zusammen. Sie knutschen, halten Händchen. Einige cremen sich gegenseitig den Rücken mit Sonnenmilch ein. Die Rasenfläche, auf der sie sich breitmachen, heißt deswegen bei ihnen nur »die Liebeswiese«, ein idealer Rückzugsort für die Jugendlichen.

»Was machst du denn da?«, fragt Andi seinen großen Bruder. Der Kleine tut unschuldig, weiß aber, dass die Sache irgendwie lustig und zugleich heikel ist. Er ist mit seinen Freunden da, die interessiert gucken und zuhören. Der Große ist genervt, nimmt den Arm von seiner Freundin und unterbreitet den Kleinen ein ernsthaftes Angebot: Wer zuerst unten beim Rath-Schorsch am Sprungbecken ist, der kriegt 50 Pfennige!

Die Kleinen laufen ohne zu zögern los. Der Schnellste meldet unten direkt beim Bademeister seine Ansprüche an: »Erster! Ich kriege die 50 Pfennige.« Der Rath-Schorsch guckt irritiert und überrascht, fängt dann laut an zu lachen. »Ihr Dummköpfe!«

Sein Spiegelbild schaut ihn mit breitem Grinsen an; das verschwindet aus seinem Gesicht, und es sagt:

»›Du Dummkopf!‹, das hast du oft von den Lehrern in der Grundschule gehört. Weißt du noch? Eine blöde Frage. Danach kamen die Schläge, wie du leider zu Recht befürchtest hast. Ein Lehrer hatte dich voll auf dem Kieker. Also ging es im Befehlston weiter: ›An die Tafel kommen, Hände nach vorne!‹ Ich höre jetzt noch das Klatschen, wenn der Rohrstock des Lehrers mit voller Wucht deine Hände traf.

Dann hieß es: ›Hinsetzen!‹ Du hast auf das Läuten der Klingel gewartet, das diese Unterrichtsstunde beendete. Mit geschwollenen Händen bist du nach Hause getrottet. Mutter fragte nicht, was vorgefallen ist. Vater später auch nicht.«

Also geht es mal wieder ins geliebte Schwimmbad. Er holt Luft, macht einen Sprung und lässt sich fallen. Mit einem tiefen Glucksen nimmt ihn das Wasser auf, das hallende Stimmengewirr im Schwimmbad verstummt, die hellblauen Kacheln ziehen langsam an ihm vorbei. Kein Lehrer, kein Vater kann ihn erreichen. In vier Meter Tiefe wartet der Boden auf den Jungen. Er legt sich rücklings hin und schaut nach oben. Über ihm teilen weiß-rote Linien die Fläche auf, Schwimmer ziehen ihre Bahnen. Er stößt sich mit einer Hand etwas vom Boden ab, lässt sich unten schwerelos treiben. Wie ein Torpedo zieht oben ein Körper ruhig und schnell vorbei – schon ist seine große Schwester nicht mehr zu sehen.

»Später als Erwachsener habe ich mir oft die Frage gestellt, ob das damals an der Grundschule auf der Folsterhöhe lag, dass man dort glaubte, Kinder aus den Sozialwohnungen wie mich besonders trimmen zu müssen.

Oder ob es zum allgemeinen Erziehungsstil der damaligen Zeit gehörte. Eine Antwort darauf habe ich bisher noch nicht gefunden, aber ich denke, dass Ersteres zutrifft. Die Erinnerungen an die Schläge bleiben so oder so.

Auch folgende Erinnerung habe ich nicht vergessen: ›Jetzt heißt das Kommando: Auf die Bank legen!‹ Ich stehe auf, beuge meinen Oberkörper nach vorne, stütze mich mit meinen Armen ab und lege mich bäuchlings auf die hölzerne Unterlage. Meine Knie finden auf dem Boden Halt. Dann versohlt der Lehrer meinen Hintern. Der biegsame Rohrstock, der auf mich niederprasselt, ist immer derselbe. Den bringt er in die Schule mit. Vergessen hat er ihn nie.«

Nach der Grundschulzeit wechselte er an die Hauptschule »Hohe Wacht« in Saarbrücken. Sie ist neu gebaut worden, nur ein paar Hundert Meter entfernt von seiner alten Schule. Man hat sie schnell hochgezogen, ebenso wie ein paar Jahre zuvor seine Grundschule. Es gab halt viele Kinder, die man unterbringen musste.

Was die Erziehungsmethode »Bestrafung durch Schläge« anging, hat sich nicht viel geändert. Dort ist er, wie andere Kinder auch, von einem Lehrer herausgeschickt worden zu einem Haselnussbaum. Einen geeigneten Zweig hat er selbst abmachen müssen. Mit diesem ist er dann zurückgekommen und vom Lehrer versohlt worden.

Ein Lehrer hatte seine eigenen Methoden der Erziehung: Er hat den Schülern die Ohren langgezogen, richtig lang, sie hatten Angst vor ihm. Es hagelte auch Backpfeifen oder Kopfnüsse. Es gab allerdings noch einen anderen Lehrer, vor dem hatten die Schüler noch mehr Angst. Der hatte einen dicken Goldring, wenn er in die Klasse kam. Hatte man einen Fehler gemacht und dieser Mann war schlecht gelaunt oder hatte einen auf dem Kieker, dann hatte man einen blutenden Schnatzer an der Backe. Und das durch seinen feinen Goldring. Interessiert hat das wieder keinen. Nicht in der Schule, nicht zu Hause.

Er steht in der vollbesetzten Halle. Es ist sehr warm, Menschen drängeln sich um ihn herum. Dann steht er mit anderen in einem Lichtkegel, der Bürgermeister neben ihm spricht laut ins Mikrofon und zeigt auf ihn: »So sieht ein Weltmeister aus!« Der denkt: Nicht ganz, nur Vizeweltmeister, aber Silbermedaille mit Europarekord ist doch auch ganz gut! Applaus brandet zu ihm herüber wie eine warme Welle, die sich so gut anfühlt.

Dann lehnt er sich zurück und ballt die Faust.

»Nimm es, nimm es sofort, nimm ›Champ‹ von Fresenius – das mineralhaltige Getränk für den Topsportler«, ruft der Mann ihm zu. Wie ein Marktschreier steht der am Beckenrand im Schwimmbad und zapft aus einem aufgestellten Thermokanister gelbrote Flüssigkeit in einen Becher. »Der Renner, der Geheimtipp für Sportler, die etwas auf sich halten. Leistungssteigernd, nach neuesten wissenschaftlichen Erkenntnissen, alles bewiesen.« Auf Kundschaft braucht der Mann nicht lange zu warten: Eine lange Schlange von Schwimmern bildet sich an seinem Stand. Andi ist natürlich auch dabei.

Er lächelt und nickt seinem Spiegelbild zu.

»Das war wirklich der Renner. Die Fläschchen gab es nicht in Einkaufsmärkten, sondern waren nur über Apotheken zu beziehen. Aber Vater macht das, der hat alles bezahlt. Er hat in einer Apotheke nachgefragt und gleich zwanzig Fläschchen für mich bestellt. In der Umkleidekabine bin ich der König, als ich die schwere Sporttasche hochhebe. Mein Trainer greift hinein, holt ein Fläschchen Champ heraus und zeigt es den anderen.

Und ich Dummkopf habe später bei den Deutschen Schwimmmeisterschaften in Bonn zehn Fläschchen schnell hintereinander getrunken, da ich so einen unheimlichen Durst verspürte! Mir wurde furchtbar schlecht, und so bin ich auch geschwommen. Zu Hause saß ich lange allein, mir war nach Heulen zumute. Habe ich aber nicht, doch die Schläge meines Vaters haben wehgetan.«

Sein Ehrgeiz nach den enttäuschenden Leistungen ist nicht angekratzt. Im Gegenteil: Er trainiert und schwimmt wie eine Furie, die nicht zu zähmen ist. Und er legt eine Schippe drauf: im Kadertraining des Schwimmvereins, in Trainingsgruppen und Ausscheidungswettkämpfen des Deutschen Schwimmverbands.

»Kannst du dich noch an deinen ersten Wettkampf erinnern?«, fragt ihn sein Spiegelbild, das ihn lachend ansieht.

»Aufgeregt wie sonst was hast du vor dem Wettkampf draußen herumgealbert und bist in die Dornenhecke gefallen. Gut hast du ausgesehen. Dann ging der Wettkampf los, du hast an fast jeder Wende haltgemacht, um die Badehose hochzuziehen, weil du vergessen hast, sie vorher zuzubinden.«

»Mit neun Jahren Saarlandmeister, 1.500 Meter Kraul; rappeldürr war ich, aber die Zeit war in Ordnung. Meine Mutter meinte hinterher zu mir, nackig wäre ich schneller gewesen«, erwidert Andi.

Die Zugreise nach Wladiwostok mit der Transsibirischen Eisenbahn hat ihn seit langer Zeit angezogen. Der Zug ist schon oft in seinem Kopf gefahren, jetzt ist es für sie Zeit. Aber das ist nicht der letzte Wunsch eines kranken Mannes auf seiner letzten Reise! So hat er es auch seiner Frau und seinen Söhnen gesagt; auch seinen Freunden und Bekannten, die ihn oft betroffen anguckten. Wünsche habe er noch viele, und da kämen noch einige, sagte er lächelnd. Er hat alles geplant; jetzt fährt er in einem Zweibettabteil, das er allein benutzt. Man hat ihm im Reisebüro einen guten Preis gemacht, und er hat seine Ruhe, die ihm so wichtig ist.

Wieder einmal sieht er Wälder am Fenster vorbeirauschen. Er steht vor einem stattlichen Baum und sieht, wie seine Wurzeln in der Erde verschwinden. »Bald wächst der Himmel unter dem Gras, fallen deine Träume ins Nirgends.« So hat sie es geschrieben: Rose Ausländer. Er hat das irgendwann einmal gelesen. Gedichte sind nicht so seins, aber diese Zeile ist hängen geblieben. Und er hat natürlich im Internet recherchiert. Sie kam aus Czernowitz in der heutigen Ukraine, da wuchs sie auf. Gut 800 Kilometer südlich von Minsk, durch das er auf dem Weg nach Moskau gefahren ist.

Er stellt sich vor, wie ein Baum später einmal mit seinen Wurzeln seine Asche aufnimmt und nach oben in seine Äste verteilt. Die verzweigen sich weiter, und so ist er in den Zweigen angekommen, er gehört zu ihnen. Dann kann er sich leicht vom Wind wippen lassen. Der meint es gut und schickt ein frisches Lüftchen herüber zu dem Baum. Mit seiner Frau hat er das schon besprochen. Vielleicht möchte sie später auch zu ihm.

Sein Spiegelbild und er fahren an einer größeren Stadt vorbei, sehen in der Ferne ihre Silhouette immer kleiner werden, letztlich verschwinden.

»Denkst du auch an deinen Vater, siehst du, was der für ein großes Loch in seinem Schädel hat? Dreht er sich zu jemandem hin, um mit ihm zu sprechen, sieht man es auf der oberen rechten Seite seines Kopfes. Es ist mit Haut zugewachsen, ein handtellergroßes Stück Schädeldecke fehlt. Manchmal sieht es auch so aus, je nachdem, wie der Schatten auf sein Gesicht fällt, als ob er ein großes Loch in seinem Kopf hätte. Seine Kriegsverletzung ist nie richtig geflickt worden.«

»Später als Erwachsener habe ich nach Erklärungen dafür gesucht, warum er so unbeherrscht wie ein Wüterich geschlagen hat. Ich vermute, dass der Frontallappen des Gehirns durch die Schussverletzung im Krieg beschädigt wurde. Ich habe gelesen, dass der nicht nur für die Kontrolle der Bewegungsabläufe des Körpers zuständig ist, sondern auch für das Sozialverhalten. Das könnte eine Erklärung für seine Ausfälle sein.

Diese Prügel, da habe ich gedacht: Was ist denn jetzt los, ich habe doch gar nichts gemacht. Gut, die Schwimmzeiten waren nicht immer die, die er hören wollte. Er konnte sich einfach nicht beherrschen. Nach der Prügelattacke hat er sich meistens in sein Zimmer verzogen und dort eingesperrt. Vielleicht hat er auch nicht immer seine Tabletten genommen, die man hin und wieder in der Küche sah.«

»Vielleicht«, erwidert sein Spiegelbild. »Auch wenn wir nicht viel Geld hatten, darauf hat er immer Wert gelegt: auf seine Kleidung, wenn er das Haus verließ, und auf die Sportsachen seiner Kinder. Irgendwie hat er dafür das

Geld besorgt, stellte auch Anträge für die Förderung in einem Sportinternat. Darum hat er sich gekümmert, das konnte er. Dafür hatte er Geld, wohl aus seiner Rente für Kriegsbeschädigte. Darüber, wie es zu seiner Verletzung kam, hat er nie geredet. Ich weiß nur, dass ihn als Soldat im Zweiten Weltkrieg nahe Smolensk Schüsse in Kopf und Niere trafen. Zurück blieb das Loch im Kopf. Und seine Schläge.«

An Smolensk ist Andi schon vor Tagen mit dem Zug vorbeigefahren. Von Berlin mit dem Zug über Warschau, dann von Minsk nach Moskau. Smolensk liegt genau dazwischen. Die Großstadt haben die Deutschen im Zweiten Weltkrieg fast vollständig zerstört. Diese und viele andere Städte im Osten Europas. Dazu Kleinstädte, Dörfer, Höfe.

Er schaut aus dem Fenster. Die Wälder hören nicht auf. Mächtig sind sie. Der Zug schaukelt leicht von einer Seite zur anderen. In Moskau ging es los. Reisen, das war immer schon seins. Von Berlin kam er allein nach Moskau. Sieben Stunden Fahrt, kein Umsteigen, kein Problem mit dem Rollstuhl. Vorher hat er sich noch von seiner Frau und seinen beiden erwachsenen Söhnen verabschiedet. Diese Reise will er allein machen.

Zwiebeltürme, Roter Platz. Er hat das alles in Moskau besucht. Er ist doch ein guter Tourist, denkt er und lächelt. Und seine Touren durch einige Stadtviertel, die wird er auch nicht vergessen. Künstlerviertel, alternative Viertel, die er gesehen hat. Und was für ein Treiben in dem Hauptstadtbahnhof. So viele Leute hasten, laufen, stehen herum, warten, reden, rufen, streiten, küssen sich.

Junge, Alte, Kinder. Männer mit und ohne Anzug. Mit und ohne Bart. Frauen mit Hosenanzug, im Kleid oder im Rock. So viele laufende Jacken, Mäntel, Pelze, Mützen hat er noch nie gesehen.

Als er geschafft und müde von dem Stadttreiben im Zug sitzt, ruht er sich bei einer Tasse Tee aus. Zu Hause gab es früher Milch, selten mal mit Kakao. Jetzt hat er ein Glas mit dem süßen Trunk vor sich. Eine seiner Schwestern hat ihn gemacht. Nachdem er sein Glas mit großen Schlucken geleert hat, zieht sie dem kleinen Jungen einen Overall an, dann fahren sie mit dem Bus zum Bahnhof und steigen dort um.

Sie sind mit dem Zug unterwegs. Eine Schwester hält ihn, den dreijährigen Knirps, wiegt ihn während der gesamten Fahrt. Als der Zug nach einiger Zeit stoppt, steigen sie aus. Er wird die ganze Zeit getragen, bis sie irgendein Haus erreichen. Dort wird er abgegeben. Er selbst kann sich nicht daran erinnern. Etliche Jahre später hört er die folgende Geschichte von seinen großen Schwestern. Viel darüber reden wollen sie mit ihm aber nicht. Die Kinder der Familie sind aufgeteilt worden. Er wurde in ein Heim gebracht. Die Zugfahrt dauerte nicht lange, eine gute Viertelstunde, dann sind sie herumgeirrt, haben aber irgendwann das Haus gefunden, wo er abgegeben wurde.

Der Grund für die Teilung der Familie war, dass der Vater ihre Mutter so verprügelt hatte, dass sie mehrere Wochen im Krankenhaus liegen musste. Als sie das Krankenhaus verlassen durfte, kamen die Kinder wieder zurück. Das war damals Vaters stärkster Aussetzer, später gab sich das etwas. Ihre Mutter ist wohl wegen der Prügelattacken ihres Mannes später Alkoholikerin geworden.

Sie ist eine kleine, zierliche Person: seine Mutter, ihre Mutter. Jeden Sonntag ging es mit ihr vormittags ohne Ehemann raus aus der Wohnung. Andi und seine Geschwister waren immer dabei. Die Kinder freuten sich auf diese stundenlangen Spaziergänge, die manchmal durch Pausen unterbrochen wurden. Dann gingen sie in ein Lokal und stärkten sich. Als die Französin den Mann kennenlernte, den sie später heiratete, hatte sie sich ihr Leben anders vorgestellt. Auch ihre spätere Scheidung wird schwer erträglich. Um alles wird gestritten, dass die Fetzen fliegen.

Der Zug macht wieder einmal Halt; dieses Mal ist die Pause ungewöhnlich lang. Frauen verkaufen Reiseproviant. Alles, was man braucht für eine ordentliche Fahrt. Zum Beispiel Piroggen, Piroschki genannt, kleine Teigtaschen gefüllt mit verschiedenem Gemüse, Kartoffeln und allem, was man sich vorstellen kann, werden angeboten; geräucherter Fisch hängt zum Verkauf an Metall- oder Holzbügeln. Auch Schaschlik-Spieße gibt es, mit und ohne Schweinefleisch. Ein, zwei Zwiebelscheiben dazwischen, wenn es gewünscht wird.

Ein reges Treiben beginnt im Zug schon vor der Einfahrt in den Bahnhof. Er bleibt ruhig und unaufgeregt, da er weiß, wie man die knappe Zeit nutzt. Viele Touristen, die mit der Transsibirischen Eisenbahn fahren, bleiben im Zug. Sie gucken interessiert aus den Fenstern und machen Fotos. Bilder, die man später für den eigenen Reisebericht

Verwandten und Bekannten präsentieren kann. Andi steigt aus, das kann er sich nicht entgehen lassen. Zwei Männer des Zugpersonals helfen ihm, mit seinem Rollstuhl über einen Hublift auf den Bahnsteig zu kommen.

Satt sitzt er später wieder im Zug und hält sich seinen Bauch. Eine ältere Frau kommt in sein Abteil und bietet Essen an. Er hält seine Hände nach oben und versucht ein »Njet, njet«. Er hört ein »Später vielleicht. Die Reise ist ja noch lang, ich komme gerne wieder«. Die Frau verschwindet im Gang.

Wie lange ist er schon im Zug? Wann ist der nächste Halt? Was gibt es als Nächstes zu sehen? Normalerweise weiß er so etwas genau. Dieses Mal ist es irgendwie anders.

»Klar kenne ich mich hier aus!«, widerspricht sein Spiegelbild.

»Ich habe alles gelesen: Reisezeit, Fahrplan, Anzahl der Bahnhöfe, Ankunft, Abfahrt, Service, alles. Ich war auch schon oft im Internet, habe die Reise mit der Transsibirischen Eisenbahn mitgemacht. Sogar schwarzen Tee wie hier im Zug gab es dazu.«

Schon als Kind haben ihn die Busfahrpläne angezogen, er konnte sie auswendig aufsagen: »Linie 26, dann nach acht Minuten am Bahnhof weiter, dann aussteigen, ein Stück zu Fuß weiter. Dann in die Linie 17.«

Früher musste er genau darauf achten, wie weit er mit dem Bus in der Stadt fahren konnte. Seine Eltern hatten dafür kein Geld. Also musste er planen, an welcher Station er den Bus verlassen musste, um zu Fuß weiterzukommen.

Er versucht, noch einige Bilder der vorbeiziehenden Stadt zu erhaschen, indem er sich umdreht; dann steht er an einer Bushaltestelle am Beethovenplatz in der Stadtmitte, um weiter zum Training zu fahren. Manchmal steht er dort und stellt sich vor, dass er hilflos wirkenden Wartenden helfen kann, die mit ihrem Finger auf der Karte herumrutschen und Abfahrtszeiten vor sich hin sagen. Da hilft er gerne weiter.

»Wohin wollen Sie? Nein, die 14 fährt dort nicht hin. Sie müssen die 12 nehmen, dann umsteigen in die 17. Das ist kein Problem, da haben Sie genügend Zeit. Zu knapp? Nein, nein. Der Bus kommt erst in sieben Minuten. Das ist kein Problem. Nein, nein. Bitte für die Auskunft, das ist doch gern geschehen.«

Dann kamen die Kursbücher: Ihr intensives Studium gehörte immer zu seiner Vorbereitung, wenn er in Jugendzeiten unterwegs war. Wie lang fährt man von Emden ins Allgäu? Und wo muss man umsteigen? Wie sind die günstigsten Verbindungen? Er gehört zu den Zugvögeln, die auf der Reise nach Inari sind. Natürlich hat er den Film von Peter Lichtefeld später im Kino gesehen.

»Von München nach Oldenburg, kein Problem, wenn man zweimal umsteigt und die gute Stunde Umsteigezeit in Hannover für einen kurzen Bummel nutzt. Man könnte auch 37 Minuten schneller da sein, aber dadurch hätte man nichts gewonnen, da Gefahr drohte, einen Regionalzug zu verpassen, auf den die Fernzüge nicht warten.«

Später folgten dann die Reisekataloge für Touristen. Er hat sie sich mitgeben lassen im Reisebüro, die Mitarbeiter dort kannten ihn schon. So lagen oft bunte Hefte und Kataloge verstreut um ihn herum auf dem Boden. Er war mittendrin am Lesen, Stöbern, Gucken und Schwelgen in anderen Welten.

Er schaut lange Zeit aus dem Fenster. Nicht enden wollende Wälder aus Fichten und Birken ziehen an ihm vorbei. Der Wald aus Birken ist aufgelockert und hell. Das Birkengrün taucht das Abteil in ein freundliches Licht. Es hellt das Abteil angenehm auf, und mit seiner warmen Farbe lädt es ihn zu einer entspannten Fahrt ein. Er beugt sich etwas vor, zieht die Luft genüsslich durch die Nase, bevor er sich wieder zurücklehnt und langsam ausatmet.

Nach kurzen Unterbrechungen durch Schneisen mit angelegten Wegen, die oft überwuchert sind, beginnt ein Spiel aus Licht und Schatten. Hin und wieder flackert das Sonnenlicht ins Abteil. Lichtflecken tanzen, Schattenrisse sind zu sehen, die nach kurzer Zeit wieder von dem Licht vertrieben werden. Als wenn ein Vorhang das Fenster abgedunkelt hätte, erscheint nach gut einer Stunde das schwere Fichtengrün. Es legt sich auf die Gegenstände und taucht das Abteil in eine dunkle Schwere. Er schaltet das Licht an, kramt in der Tasche und sucht nach einer Sportzeitschrift.

Er fühlt sich niedergeschlagen, verloren und klein. Diese drückende Stimmung machte sich schon gestern breit und will nicht mehr gehen. Zeit für ihn, Musik zu hören, laut und allein. Er braucht dringend »Supper's ready« von Genesis. Er sucht sein Seelenmedikament in der Reisetasche und findet die CD nach nervösem Kramen; er fingert an seinem Discman und legt sie ein.

Sein Spiegelbild winkt ihm zu, da es seine Aufmerksamkeit braucht.

»Ich weiß noch genau, wann du das Stück das erste Mal gehört hast. Du warst keine 14 Jahre alt, eine deiner großen Schwestern hat oft zu Hause Genesis gehört. Sie hat die Platte irgendwann mitgebracht. Sie hat sie wohl nur ausgeliehen, weil das Geld immer knapp war.«

Dann legte sie die Platte auf, drehte ordentlich am Lautstärkeknopf und fing an, ihre Klamotten zu ordnen, ihre Haare zu kämmen, die neuen Ohrringe auszuprobieren, sich prüfend vor den Spiegel zu stellen, dabei je nach Lust und Laune mit Fuß und Bein zu wippen oder zu tanzen; dann war Herumhängen auf dem Sofa angesagt.

Gebannt hat Andi jedes Mal gelauscht, das Stück hat ihn nicht losgelassen. Geändert hat sich daran bis heute nichts. Das Lied schafft es jedes Mal, ihn in den Bann zu ziehen. Wenn er es zu Hause hört, muss er sich gemütlich hinsetzen, sich und seine Beine am besten auf das Sofa legen, den Kopfhörer aufsetzen, die Augen schließen und sich von Peter Gabriels Stimme mitnehmen lassen. Das Lied verlangt jedes Mal seine Auszeit: Es will es so. Und er fügt sich gerne.

Dann geht er auf Gedankenreise hin zu alten Kindergeschichten, oder die Stimmungen tauchen alleine auf: traurig, aggressiv, auch ruhig-entspanntes Wohlgefühl, Erleichterung. Ein fließendes Auf und Ab der Gefühle: Das Lied will es so.

Zweimal hat er inzwischen Steve Hackett gesehen und gehört. Der ehemalige Musiker von Genesis tourt schon lange allein mit seiner Band. Das letzte Konzert war ein paar Monate vor seiner Reise. Ein guter Kumpel, den er über das Schwimmen kennt, hat ihn im Auto nach Frankfurt mitgenommen. Glücklich und mit Ohrensausen schläft Andi abends nach der Rückkehr im Bett ein.

Jetzt sitzt er im Zug, zieht seinen Kopfhörer auf, schließt die Augen und beamt sich weg, denn sein Stück beginnt. Er ist der Einzige in dem Zugabteil, da haben alle

Glück, die nicht dort sitzen, denn wenn er in der Stimmung ist, muss er laut mitsingen.

Die Kinder um ihn herum sehen ihn mit großen Augen an. Er ist wirklich sehr nett und freundlich zu ihnen, aber sie glauben ihm nicht. Gerade hat er gesagt, dass es in dem Wasser Elfen gebe, die es gut meinten mit den Menschen. Die im Wasser jeden trügen. Also steigt er langsam und gut gelaunt ins Becken, stößt sich von der Wand ab, gleitet und streckt sich aus, dreht sich auf den Rücken. So bleibt er liegen.

Er redet zu ihnen: »Ich schwebe, glaubt ihr mir das? Die Elfen tragen mich. Die sind im Wasser, aber die seht ihr nicht. Die können sich verstecken, sich unsichtbar machen. Die helfen aber, die tragen dich. Aber nur dann, wenn du ganz ruhig auf dem Wasser liegst. Sobald du anfängst zu strampeln, bekommen sie Angst und sind weg.« Die Kinder hören ihm weiter zu. Dann dreht er sich im Wasser um, schwimmt zum Beckenrand und fragt, wer »Arielle, die kleine Meerjungfrau«, kenne. Alle Kinder der Gruppe heben die Hand und hüpfen aufgeregt.

Die Eltern sind überrascht, als sie das später hören. Arielle? Mein Kind will auch schwimmen wie Arielle, die kleine Meerjungfrau? Für ihn ist es eine gute Chance, an die Kindersendung im Fernsehen anzuknüpfen. So schwimmt die, und auch wenn es einen Strudel im Wasser gibt, ist das für sie kein Problem. Richtig schwimmen lernen heißt für den Seebären, mitten im Badebetrieb dabei zu sein. Da gibt es Wellengang, andere Schwimmer versperren den Weg. Was dann? Was würde Arielle machen? Also lernen sie, beim Seebären im Wasser zu warten und dann weiterzuschwimmen.

Oder sie üben:

Was macht Arielle, wenn sie zu müde ist im Wasser? Also herumdrehen in die Rückenlage, Hüfte hoch und ausruhen im Wasser. Vielleicht die Beine ausschütteln, im Notfall auch um Hilfe rufen und winken. Wenn sie selber merken, sie sind stark genug und können weiterschwimmen. Das hat der Seebär mit den Kindern geübt: Ich bin kaputt, kann nicht mehr, was tun? Also herumdrehen, ausruhen, wenn es geht, wieder weiterschwimmen. So haben sie die Bahn geschafft unter Aufsicht des Seebären.

So ging es dem kleinen Simon, einem späteren Schwimmtalent, das vom Seebären betreut und gefördert wurde. Er ist mit seinen Eltern in Holland an einem See, rutscht aus, knallt mit dem Rücken auf den Steg und rutscht ins Wasser. Aufgeregt kommen Leute, um zu helfen. Der fünfjährige Simon hat sich schnell im Wasser auf den Rücken gelegt, ist zur Ruhe gekommen und hat durchgeatmet. Später erklärt er: »Auf den Rücken und keine Panik. So hat es uns der Andi beigebracht.«

Arielle geht von Abteil zu Abteil und fragt, ob jemand etwas kaufen möchte. Es duftet nach Käse, Teig, auch Fisch. Er öffnet langsam die Augen und blinzelt. Sie spricht ihn an, ob er auch gerne etwas kaufen möchte, da er doch so hungrig aussehe. Sie stellt sich als Elena vor, die viele leckere Sachen anzubieten hat. Der Seebär wundert sich, dass Arielle jetzt Elena heißt, russisch zu ihm spricht und er alles versteht. »Guck mich nicht so an. So schlecht ist mein Deutsch nicht«, beklagt sie sich nicht zu Unrecht. Der Seebär ist immer noch in seinem Element Wasser, kommt aber langsam zu sich.

Sie kommt aus Kasachstan, wohnt aber schon lange in Perm. Das Kochen und Backen hat sie von ihrer Mutter. Sie hat ein Geschäft daraus gemacht, ihr Mann arbeitet in Kungur. Ihr erster Mann ist früh gestorben, die Rente reicht hinten und vorne nicht, also macht sie Piroschki und verkauft sie. Ihr Vorteil ist, dass sie auf kürzeren Strecken zusteigen und mitfahren darf. Sie verkauft und fährt dann wieder zurück. So ganz in Ordnung ist diese Regelung nicht, aber ihre Teigtaschen sprechen ein starkes Wort. Und meistens klappt es. Nur einmal scheiterte sie, es lag aber nicht an ihren Piroschki bei der kleinen Bestechung. Die Herrschaften bei der Bahn lehnten ohne eine Begründung ab.

Normalerweise fährt sie eine oder zwei Stationen mit, verkauft ihre Waren und fährt wieder zurück nach Perm. Dieses Mal macht sie es anders. Sie fährt weiter, bleibt im Zug. Sie geht von Abteil zu Abteil und fragt, wer noch Interesse an ihren Waren habe. Wie lange macht sie schon diese Arbeit? Zu lange. Wie alt ist sie jetzt? Zu alt. Wie lange arbeitet sie schon bei der Transsibirischen Eisenbahn? Sie weiß es nicht, oder es scheint ihr nicht wichtig.

Heute macht sie es anders! Sie steigt nicht aus, sondern fährt weiter nach Wladiwostok. Nicht wegen Alexej, den sie schon seit Jahren kennt und sympathisch findet. Und fein anzusehen. Sie mag seine lässige Art, manchmal kommt er ihr aber vor wie ein Mann, der sich seinem Schicksal, als Mann für den Tee zu arbeiten, ergeben hat. Der halt seine Arbeit tun muss, ob er nun will oder nicht.

Gebeugt und langsam zieht er dann den Wagen. Manche sagen, behäbig, aber das stimmt nicht.

Und der noch ein paar lange Jahre seinen Teewagen durch den Zug schieben muss. Der schon die Jahre zählt. Er fängt immer wieder neu mit dem Zählen an. Weil sein Geld nicht reiche, sagt er. Jedes Jahr sagt er, dass er noch ein paar Jährchen arbeiten müsse. Vier oder fünf Jahre. Aber die Anzahl der Jährchen wird nicht geringer im Laufe der Jahre. Sie weiß nicht, was er später vorhat, was er plant, wenn seine Arbeit im Zug endet. Er hat auch nie über sein Leben danach erzählt oder ist ins Schwärmen geraten. Noch ein paar Jährchen, dann ist Schluss. So geht er meistens nach den Gesprächen wieder in den Gang und ist verschwunden.

Alexej ist für sie ein warmherziger Mann, der keine langen Gespräche braucht, der sieht, was die Fahrgäste wollen. Sie weiß noch, wie er einmal bei der Arbeit sagte, dass sie doch auch gutes Gemüse brauche. Nicht nur, um es zu verkaufen, sondern auch, um es selbst zu essen, da sie doch ein bisschen blass und abgekämpft aussehe. Das Schlimme war, dass er recht hatte, wie sie feststellen musste, als sie in einem Abteil in den Spiegel sah. Dieser aufmerksame Teewagenschieber, dachte sie genervt.

Recht hatte er schon. Sie hat sich ihr Leben auch anders vorgestellt, als Gemüse in Plastikbeuteln im Zug zu verkaufen. Aber lieber dort als auf dem Markt, wo ihre Mutter arbeitete. Dann lieber raus und weg, auch wenn die Arbeitsbedingungen oft wie eine Notlösung scheinen. Und es gibt Möglichkeiten, mit dem Zug wegzufahren. Weit weg in Städte, von denen sie früher nur gehört hatte. Wenn überhaupt. Sie fährt mit nach Wladiwostok, weil sie mal wieder dorthin will. Bekannte besuchen, ein bisschen in die Stadt gehen. Sie kann bei ihnen übernachten, denn ein Hotel oder eine Pension kann sie sich nicht leisten. Will sie sich nicht leisten. Am nächsten Tag fährt sie wieder zurück.

Sie findet Alexej galant, nicht nur, weil er ihr gegenüber in seiner zurückhaltenden und respektvollen Art höflich angemerkt hat, dass sie gut singen könne. Oder es früher vielleicht gemacht hätte. Er hörte sie einige Male bei der Arbeit summen. Singen kann sie, davon ist sie überzeugt: früher im Kinderchor, dann in der Schule. Vorsingen musste sie immer. Zuerst hat sie es gehasst, sich geniert vor den anderen Kindern. Sie lernte, es zu mögen. Zu lieben. War die Schulbeste im Singen. Es ist nichts draus geworden aus dem Singen. Wenn sie alleine war, hat sie Stücke von russischen Komponisten nachgesungen. In Gedanken ist sie noch bei ihrer Musik. Am besten hat ihr immer die Stimme von Elena Zaremba gefallen. Sie hat sich in die Stimme dieser großen Opernsängerin verliebt. Erzählt hat sie niemandem davon. Warum auch. Sonst gilt sie noch als eingebildet.

Dann erzählt sie weiter.

Sie hat geheiratet, die beiden Kinder sind nicht mehr im Haus. Sie wohnen jetzt in Perm, gut tausend Kilometer östlich von Moskau. Ihr Mann arbeitet als Maschinenschlosser in Kungur. Seine Arbeit ist schwer. Er hat noch drei lange Jahre zu schuften. Dann mal sehen, wie es weitergeht.

Sie steckt noch zwei Piroschki in einen Plastikbeutel und legt ihn auf das kleine Abstellbrett neben den schlafenden Seebären. »Für spätere Zeiten«, sagt sie knapp und verabschiedet sich. Nach einem Halt in Jekaterinburg nimmt der Zug wieder Fahrt auf.

Andi streckt seinen Arm zur Seite, um sich festzuhalten. Er findet eine Stuhllehne, die er fest umklammert, als der Stock das erste Mal trifft. Zuerst spürt er das Niederprasseln des Stockes auf seinem Rücken, dann werden die Schläge fester. Die Lehne rutscht aus seiner Hand, und er findet keinen Halt. Zum Schluss ist sein Hintern dran. Die Schwimmzeiten haben wieder einmal nicht gestimmt, enttäuschten den Vater maßlos. Deswegen schlägt er ihn heute grün und blau.

Später sitzt er mit seinen Schwestern nach dem Schwimmtraining erschöpft im Bus zusammen, und sie beratschlagen sich. Was können sie erzählen, dass Vater nicht schlägt? Warum sind ihre Zeiten nicht besser geworden? Sie finden keine guten Antworten, die ihn möglicherweise beruhigen könnten. Also wird zu Hause wieder geschlagen. Ein Stuhl ist bei den Ausfällen des Vaters schon einmal auf Andis Rücken zu Bruch gegangen. Aber woher weiß der Vater ihre Zeiten? Wer hat es ihm erzählt? Oder hat er keine Ahnung und schlägt einfach, wie es ihm passt? Sie finden keine Antwort und müssen die Ausfälle ihres Vaters weiter ertragen. In dieser Stimmung gehen sie nach Hause.

Wenn möglich, flüchtet er ins Schwimmbad, wenn nur der Vater in der Wohnung zu hören ist: Wenn das Türschloss am Nachmittag klackt, seine Aktentasche auf den Boden fällt, seine Stimme im Flur hallt und ein ordentliches Essen fordert, dann ist es Zeit zu gehen.

Ihm gehen auf dem Weg zur Umkleidekabine wichtige Fragen durch den Kopf, die ihn beschäftigen: Wieso kann ich nicht tauchen, wenn ich tief Luft hole? Und wenn das nicht geht, wie viel Luft brauche ich, um nach unten zu kommen? Und dann: Wie lang kann ich tauchen, ohne zu atmen? Wann gehe ich unter wie ein Stein? Wie viele Meter kann ich ohne zu atmen schwimmen? Und was mache ich, wenn ich merke, es geht nicht mehr? Ab wann beginnt die Panik, und was mache ich dann?

Im Schwimmbad kommt die Durchsage »Achtung, Kabine Nummer 240, Ihre Badezeit ist beendet«. Das ist seine Kabine, also geht es raus, unter die Dusche und nach Hause.

Mit Freunden geht er oft ins geliebte Deutschmühlenbad. Wenn es abends zumacht und alle Gäste das Bad verlassen, sammelt sich im Sommer eine Gruppe von acht bis zehn Jugendlichen. Sie bekommen vom Schwimmmeister Papierkörbe oder Tüten in die Hand, um den auf der Wiese herumliegenden Müll aufzusammeln.

Die roten Pappkärtchen, die sie danach erhalten, bedeuten für sie Eintritt frei. Und das für eine knappe halbe Stunde Arbeit! So geht das jeden Abend im Sommer. Der zehnjährige Andi ist immer dabei. Denn so braucht er nicht bei Vater oder Mutter um das Geld zu betteln, um zum Vergnügen ins Schwimmbad zu gehen.

Geld haben sie kaum, ob nun im DFG oder im Deutschmühlenbad. 70 Pfennige für eine Limonade, das ist für sie nicht drin. Also heißt es für die Kinder: TRi TOP nicht vergessen. Direkt an der Hauptstraße liegt die langgezogene Umkleidekabine. Davor läuft den ganzen Tag aus fünf Wasserhähnen aus Messing Wasser in ein langes Becken. Ob nun die Leute das sprudelnde Wasser für die Fußwäsche nutzen oder zum Trinken, das Quellwasser ist immer eiskalt. Und so sind viele dran, um Wasser zu zapfen.

Irgendeiner aus seiner Clique hat eine Wasserflasche mitgebracht, ein anderer den Sirup. TRi TOP Waldmeister ist bei ihnen angesagt. Also das Zeug in die Flasche, mit Wasser aufgefüllt und durchgeschüttelt: Das ist ihr Getränk, der Hit. Dazu gibt es Esspapier. Das ist neu auf dem Markt, schmeckt eigentlich nach nichts und sieht aus wie eine Oblate in kantigem Format. Es kostet nur ein paar Pfennige und ist der Renner bei den Kindern. Also verabreden sie sich oft im Freibad, oben auf dem Hügel, mit Esspapier und TRi TOP Waldmeister.

Vaters Prügel lassen über die Jahre nach, weil sich Andis Erfolge bei den Schwimmmeisterschaften häufen. »Es war immer ein schmaler Grat: Da war auf der einen Seite die Anerkennung durch Freunde und einige Lehrer, auf der anderen Seite lauerte die Angst vor dem Vater. Die Schreckgespenster tauchten immer wieder auf: Wehe, du hast die Leistung nicht erbracht! Dann gab es Strafe, da gab es richtig Kloppe. Was sagst du? Keine Bestzeit geschwommen? Schwupp hat's gemacht. Und die Angst fuhr im Bus mit auf der Heimfahrt nach dem Training.«

Er fröstelt und reibt sich die Arme, sieht die Landschaften am Fenster vorbeiziehen. Ist Nowosibirsk schon vorbei? Er reckt den Hals, richtet sich ein Stück weit auf und sieht zurück. Das regelmäßige sanfte Rumpeln des Zuges zieht ihn sanft wieder in seinen Sitz. Seine Erinnerungen warten auf ihn.

Er geht schnell zur Umkleidekabine, das Schwimmen hat ihm heute gereicht. Er ist etwas in Eile, denn er will eine

Fahrradtour machen. Später biegt er wild strampelnd mit seinem Fahrrad um die Straßenecke und folgt einem Bus.

Die Chausson-Busse ziehen ihn an. Blaue Fahrzeuge mit einem hellen Dach. Sie haben ein großes weißes Lenkrad, hinter dem der Busfahrer sitzt, mit dem er sich unterhalten will. Noch zwei Stationen, »Goldene Bremm«, dann die Haltestelle »ZF« bei der Zahnradfabrik Friedrichshafen, einem großen Zulieferbetrieb für Autos, dann hat er es geschafft.

An der Endstation kommt endlich die halbe Stunde Zeit, mit dem Fahrer über Technik und Entwicklung zu plauschen. So merkt der Junge an, dass aus der Firma Chausson MAN wurde. Er klärt den Fahrer auf, dass MAN für »Maschinenfabrik Augsburg-Nürnberg« stehe. Er fragt ihn weiter, wie schnell sein Bus so fahren könne, wie sich das Abstempeln der Fahrkarten geändert habe und was er davon halte. Gab es doch vorher noch einen Tagesstempel, den der Fahrer mit der Hand drücken musste, schieben nun die Fahrgäste selbst ihren Fahrschein in einen Schlitz und bekommen ihn abgestempelt wieder. »Was ist jetzt besser für den Fahrer und wieso?«, fragt er den Mann am Lenkrad mit den ausgestreckten Beinen.

Gerne erzählt er ihm, dass er alle Buslinien aufsagen könne, ebenso die Reihenfolge der Haltestellen nennen und die Umsteigezeiten zu den anderen Linien, die dort halten. Wenn er allein unterwegs ist, freut er sich, wenn er Leuten Auskunft geben kann, die fragend vor dem Plan stehen. Oder er freut sich, wenn er mit seinem Wissen die Busfahrer beeindrucken kann.

Von der Folsterhöhe, wo er und seine Freunde wohnen, führt ein Weg herunter zur Galgendell neben dem

Deutsch-Französischen Garten. Ein paar Hundert Meter, und schon sind sie da. Das Feld mit den hohen Gräsern dort ist ein idealer Platz für sie zum Spielen. Wenn sie sich hinsetzen, kann sie niemand sehen. Deswegen nennen sie diesen Platz ihr »Steckegeheim«. Es ist ihr geheimer Ort, an dem sie ungestört unter sich sein können. Da wird gespielt, werden aus Stöcken Pfeile gemacht, wird nur gesessen und geredet, der Tag Tag sein gelassen. Sie lieben diesen Platz, und keiner darf je erfahren, was und wo ihr »Steckegeheim« ist. Das haben sie sich geschworen.

Der achtjährige Andi hat es geschafft: Der Schwimmtrainer beschließt, ihn in das Training im Verein aufzunehmen. Es braucht dafür kein langes Gespräch mit seinem Vater, denn der Trainer ist von den Leistungen angetan. Andi hat Talent, kann mit dem Wasser umgehen und in ihm schweben. Im Lehrschwimmbecken in der Dellengarten-Schule zieht der Junge seine ersten Bahnen.

Samstags geht es dann ins Stadtbad, denn dort ist Vereinsschwimmen mit den Großen angesagt. Das Schwimmtraining fordert Disziplin, Ausdauer, unterschiedliche Stilarten, die beherrscht werden müssen. Eine seiner großen Schwestern schwimmt dort schon seit Jahren, wird Landesmeisterin, dann Deutsche Jahrgangsmeisterin. Durch sie kommt er zum Leistungssport.

Sportliche Höchstleistungen haben ihren Preis. Eine seiner Schwestern verabschiedet sich später vom Leistungssport. Sie will nicht mehr, obwohl sie für die anstehenden Olympischen Spiele im Kader schwimmt. Auch Andi hat sich schon manches Mal gefragt, was er da für bunte Tabletten und Drops schluckt. Vitamine und Mineralien, was sonst? Er hat die aufkommenden Fragen und Zweifel mit seinen Erfolgen als Jugendlicher weggeschwommen.

Vater hat ihn bestärkt und unterstützt; er stellt weiterhin Anträge für die Sportförderung seiner Kinder, denn das Schwimmtraining kostet die Familie einiges.

Schon in der Grundschule bekommt der Junge die Anerkennung für seine Erfolge im Schwimmen. So ist er Landesmeister in allen möglichen Disziplinen geworden, hat erste Plätze bei Wettbewerben gesammelt. Der Lehrer war dann jedes Mal ganz stolz und hat es sich nicht nehmen lassen, ihn in der Klasse noch einmal zu ehren. Er kann sich gut daran erinnern, wie der Lehrer die Urkunde mit dem Namen vor der gesamten Klasse vorgelesen und ihm noch einmal die Medaille umgehängt hat.

Die Schwimmerfolge freuen auch seinen Vater, aber er schlägt ihn weiter. Auch wenn die Ausfälle nicht mehr so häufig sind, da kennt er kein Pardon. Gerade dann, wenn er der Meinung ist, dass die Leistungen seines Jungen immer noch zu schwach seien. Waren seine Zeiten dagegen besser, nimmt er ihn manchmal zu Ausflügen in der Stadt mit. Mit feinem Mantel elegant gekleidet wartet er dann an der Haustür ungeduldig auf seinen Sohn.

Jetzt stehen beide zusammen an einer Großbaustelle in Saarbrücken – Karstadt wird gebaut. Andi bestaunt das Riesenloch, das sich vor ihm auftut. Vor zwei Wochen war alles noch ebenerdig, eine plane Fläche mit ein paar Bäumen in der Innenstadt.

Durch den Bauzaun können sie das riesige Loch sehen, in dem Kräne stehen, Arbeiter herumlaufen, sich unterhalten oder rufen, hämmern, schaufeln oder was auch immer. Der Baulärm ist ungewöhnlich laut und zugleich für den Jungen fesselnd: das Kreischen der Motorsägen, das Rasseln und Surren von Winden, die Lasten hoch- oder herunterhieven, das durchdringende Rattern der Presslufthämmer.

Nach dem Ausflug mit dem Vater gehen sie nach Hause. Ein langer Weg den Berg hinauf, aber das macht dem Jungen nichts aus. Im Gegensatz zu seinem Vater, der langsamer wird, schwer atmet und hin und wieder Verschnaufpausen braucht.

Andi ist wieder schnell unterwegs, denn er will nicht allein mit seinem Vater in der Wohnung bleiben und begleitet daher seine Mutter beim Einkauf im Supermarkt. Das Zeug landet im Einkaufswagen. Es ging schleichend los mit ihrem Alkoholismus. Eine dunkle Flasche »Schlehenfeuer«-Likör war oft im Einkaufswagen. Sie stand neben den anderen Lebensmitteln und Einmachgläsern oder neben der Milch und der Butter. Oder sie lag als Abschluss des Einkaufs auf den anderen Waren, wenn es zur Kasse ging.

»Ein Gläschen ›Schlehenfeuer‹ gerade nach dieser Anstrengung durfte doch nie fehlen. Sie ist ihm zunehmend verfallen. Mit der Trennung von ihrem Mann ging es richtig los, die Schleuse öffnete sich, aus den Gläschen wurden Gläser. Du hast doch selbst das Zeug probiert, als du längst nicht mehr bei ihr wohntest. Elendes süßes Zeug, süßes Gift, so hast du es genannt«, hört er sein Spiegelbild sagen.

Andi rutscht auf der Bank ein bisschen tiefer und schließt die Augen, da er niemanden sehen will.

Jetzt stehen sie mal wieder vor dem Eingang des DFG. Sie albern herum, lachen und sind einfach guter Dinge an diesem prächtigen Feiertag, denn die Schule ist vorbei, und die Ferien haben begonnen.

Es ist ungewöhnlich heiß in diesem Sommer. Sie brauchen dringend eine Abkühlung und viel Spaß, aber vorher müssen sie noch abklären, wie sie in den Park kommen. Geld haben sie keins für den Eintritt, aber größer sind sie geworden. So leicht wie früher kommen sie nicht mehr unter dem Kassenhäuschen durch.

Nach kurzem Gespräch haben sie einen Plan, den sie sofort umsetzen: Erst geht es den Berg herunter entlang der schönen Familienhäuschen, dann ein Stückchen weiter durch den Wald. Dort kommt der Zaun mit einer Drehtür für die Badegäste, die den Park verlassen wollen. Der ordentlich gezogene Stacheldraht, der verhindern soll, dass jemand über den Zaun klettert, beeindruckt die Jugendlichen nicht. Einer der Jungs hat nämlich herausgefunden, dass man die Drehtür mit Kraft nur etwas hochheben muss und dann ruckartig mit voller Wucht zwei-, dreimal in die entgegengesetzte Richtung treten, um die Sperre zu durchbrechen. Nach dieser kleinen Übung gelangen die Jugendlichen einer nach dem anderen in den Park. Dort suchen sie gut gelaunt und in Ruhe einen Platz auf der Wiese, um ihre Sachen abzulegen und erst einmal schwimmen zu gehen.

Dieser Weg, kostenlos in den DFG hineinzukommen, hat sich natürlich schnell herumgesprochen, denn die eigenen Freunde haben selbst wieder Freunde oder Bekannte und die natürlich auch wieder. Eltern und Geschwister dürfen auch nicht vergessen werden. So haben sich manche Angestellte im DFG, wie zum Beispiel der Schütz, der mit seinem Hund die Runden läuft, gewundert, warum es auf einmal so voll wurde.

Nach dem kühlen Spaß geht es Andis Clique nicht schnell genug auf dem Rückweg nach Hause. Wie immer haben sie die mit den Eltern abgesprochene Zeit überzogen. Also heißt es fix durch die Drehtür, den schmalen Weg hoch durchs Wäldchen und zum »Sechzehner«. An dem Wohnkomplex mit den 16 Stockwerken trennt sich die Gruppe jedes Mal nach gemeinsamen Ausflügen, um einzeln weiter nach Hause zu gehen.

Nach den kurzen Sommerferien kommt für Andi die siebente Klasse in der Hauptschule. Mit Anspannung und Magendrücken erwartet er das neue und lange Schuljahr. Ein neuer, junger Lehrer stellt sich der Klasse als Georg Fox vor. Der steht ungewohnt locker vor den Jugendlichen und erzählt, was er in diesem Schuljahr machen will.

»Der Hauptmann von Köpenick« mit Heinz Rühmann, »Der Blaumilchkanal« von Ephraim Kishon, das sind so seine Vorstellungen, was er durchnehmen will. Einen Punkt möchte er aber in aller Deutlichkeit klarstellen: »Schläge? Wofür sind denn Schläge gut? Bei mir gibt es keine!«

Die Schüler hören dem Mann mit einigem Misstrauen zu. Es braucht einige Zeit, dann wird in der Klasse diskutiert, Meinungen werden offen ausgesprochen. Filme werden gesehen, Bücher gelesen und in der Klasse besprochen.

Seine Schulklasse besucht auch das Theater. Eine neue Erfahrung nicht nur für Andi. Es bedeutet den Zugang zu einer Welt, die er nicht kennt. Schüler aus Georgien werden zum Besuch nach Saarbrücken eingeladen, Brechts »Der kaukasische Kreidekreis« wird zusammen im Theater gesehen. Andi blüht auf und fühlt sich sicher in dem neuen Wasser. Was die Lehrer da in der Schule machen, ist für ihn Wahnsinn. Auch der Sportlehrer ist kein Schleifer, er unterstützt den Jungen, wenn es geht: Der fehlt oft in der Schule wegen seines Trainings, wegen seiner Wettkämpfe. Und der Lehrer sagte jedes Mal: »Der Andi halt. Der ist halt unser Schwimmer.«

Der ist oft allein mit dem Bus oder der Bahn unterwegs, hat sich das Taschengeld zusammengespart, um allein zu den Schwimmwettkämpfen zu fahren. Tage vorher hat er die Busverbindungen und die Umsteigezeiten studiert. Einen Tag vor den Wettkämpfen ist der 15-Jährige allein unterwegs, um Zeit für sich zu haben. Er sieht sich die Städte an, schlendert herum, isst eine Bratwurst oder Pommes frites, wenn das Geld reicht. Abends kehrt er ins Hotel zurück, am nächsten Morgen trifft er Trainer und Mannschaft und fährt mit ihnen zur Schwimmhalle.

Eine Woche danach ist er wieder allein unterwegs. Er fährt allein irgendwohin, da er raus muss, auch ohne irgendeinen Schwimmwettkampf. Er läuft ziellos in dem Städtchen herum, entfernt sich von ihm und setzt sich irgendwo in die Landschaft. Dann fährt er irgendwann wieder zurück, setzt sich auf eine Bank und geht dann nach Hause.

Am nächsten Tag ist er wieder beim Schwimmtraining: Er selbst kann sich gerade noch mit beiden Armen am Beckenrand halten, dann wird ihm flau im Magen. Er prustet und schließt die Augen. Als er sie öffnet, bleibt es um ihn herum schwarz. Er übergibt sich. Dann noch einmal. Über sich hört er die Stimme des Schwimmtrainers: »Kotz dich richtig aus, dann geht es weiter.«

Das Schwimmtraining verlangt seinen vollen Einsatz: Ein interner Wettkampf im alten Schwimmverein entscheidet darüber, wer weiter im Kader bleiben darf und wer rausfliegt: der Junge von der Folsterhöhe oder der Sohnemann vom Rechtsanwalt. Der hat nicht den Hauch einer Chance. Also wird der Junge von der »Folster« bleiben.

Dreimal am Tag hat er jetzt Training. Morgens um fünf Uhr ins Wasser, zwei Stunden schwimmen. Der Schwimmtrainer fährt ihn danach in die Schule und holt ihn wieder ab. Dann Mittagstraining über zweieinhalb Stunden. Nach den Hausaufgaben geht es abends noch einmal zum Training bis um halb zehn. Er wechselt den Schwimmverein und räumt die Titel ab. Als Zwölfjähriger schwimmt er in der Zweiten Bundesliga. Vater ist zufrieden. Zeigen kann er es nicht.

Jetzt sitzt ihm ein Mann mit langen Haaren gegenüber. Er ist irgendwo vor Omsk zugestiegen; mit fragendem Blick und einem Heben der Nasenspitze in Richtung eines freien Sitzplatzes macht er deutlich, dass er sich ins Abteil setzen wolle. Ohne eine Reaktion abzuwarten, kommt er mit seinem Koffer ins Abteil. Er hievt ihn auf die Ablage und setzt sich Andi gegenüber. Mit seiner eng sitzenden schwarzen Lederhose und dem schwarzen Hemd macht er einen jugendlichen Eindruck. Sein Hemd mit den ausladenden Ärmeln und den goldfarbenen Stickereien zu beiden Seiten der Knopfleiste wirkt ungewöhnlich feierlich.

Der Mann holt einen schmalen, silberfarbenen Flachmann heraus, den Andi von alten Westernfilmen kennt. Er schraubt den Verschluss ab und nimmt einen kräftigen Schluck, indem er den Flachmann ruckartig nach oben kippt und an seine Lippen ansetzt. Ein durchdringender Geruch von Whiskey verbreitet sich im Abteil.

Er kramt in seinem Rucksack und sucht eine CD.

Es begann mit seiner großen Schwester, die ihn zum Konzert mitnahm. Deep Purple spielten am 5. April 1975 in der Saarlandhalle in Saarbrücken! Das weiß er genau, es war an einem Samstag, schon Tage vorher dachte er an nichts anderes.

Ein Plakat, das die Gruppe in der Stadt ankündigt, hing lange Zeit in seinem Zimmer. Die Gruppe löste sich kurz danach auf. Graz, Saarbrücken, Paris – das war die Reihenfolge der Auftritte, und er war dabei!

Er war so aufgeregt, wollte alles sehen. Also drängelte er sich in der vollbesetzten Halle vor. Begeistert sah er nach oben, die harte Musik stieß seine Bauchdecke vor und zurück. Irgendwann regnete ein großer Schwall Whiskey auf ihn. Der kam von Ritchie Blackmore persönlich, der mit großer, ausladender Geste die Flasche herumwirbelte.

Er war durchnässt an Jackenärmel und T-Shirt. Es folgten noch einige Zugaben, die Masse drängte danach zum Ausgang und löste sich auf. Beseelt ging er mit seiner großen Schwester nach Hause.

Wie hat er nach dem Whiskey gerochen. »Du stinkst wie ein Schwein«, schrie ihn sein Vater an, der hinter der Wohnungstür stand. Dann ist er mal wieder von ihm verdroschen worden, sodass tagelang sein Rücken schmerzte. Sein Vater hatte einfach nicht aufgehört zu schlagen.

Der Mann ihm gegenüber, der so aussieht wie Ritchie Blackmore, steht auf, packt seinen Koffer, klopft sacht an seine Innentasche, in die er den Flachmann gesteckt hat. Er sucht und findet sein Zigarettenetui, holt sich eine Zigarette aus der Packung und steckt sie sich in den Mund. Dann verlässt er das Abteil Richtung Ausstieg. Er schüttelt lässig den Kopf zur Seite, seine langen Haare fallen nach hinten.

Der Zug fährt in Krasnojarsk ein, die Gebäude des Bahnhofes tauchen hinter den Fenstern auf. Andi guckt ihm hinterher und sieht ihn nach einer Weile auf dem Bahnsteig Richtung Stadt gehen.

Andi kramt in seinem Rucksack und sucht eine CD von Deep Purple. Der Mann auf einer CD sieht doch so aus wie der Mann im Abteil! Vielleicht etwas älter, aber sonst?, denkt er und hat den Geruch von Whiskey noch in seiner Nase.

Das war doch Ritchie Blackmore! Wem will er das später erzählen? Wem will er erzählen, dass er ihm im Zug nach Wladiwostok in seinem Abteil gegenübersaß? Seinen Söhnen? Die kennen den gar nicht und hören anderes. Seiner Frau? Die verständnisvoll nickt und ihn mit einem »Klar doch« bestätigt? Peter, seinem Kumpel, der das sagenhaft findet und auch etwas von dem Zeug haben will, das er da einnimmt?

Ungläubig schaut er aus dem Fenster, der Geruch von Whiskey ist verflogen, vielleicht noch zu erahnen. Er beißt in seine mit Käse und Wurst gefüllte Pirogge und trinkt dazu einen Tee. Drei Piroggen später beruhigt er sich wieder.

Die Ruhe bleibt bei ihm und setzt sich in seinen gut gefüllten Bauch. Deep Purple spielen noch in seinem Kopf, Ritchie Blackmore stimmt ein Lied an.

»In dem Jahr, in dem er in Saarbrücken sang, den Whiskey über dich kippte und dein Vater dich windelweich prügelte, seid ihr umgezogen. Irgendwohin in der Stadt, die Familie krachte auseinander. Drei deiner Schwestern hatten vor diesem Umzug die Wohnung der Eltern bereits verlassen. Sobald sich die Möglichkeit ergab, waren sie weg. Sie zogen zu ihrem Freund oder heirateten und gründeten eine eigene Familie.

Nicht die schlechteste Entscheidung«, merkt sein Spiegelbild nach einer kurzen Pause abschließend an.

»Ich hatte ein eigenes Zimmer mit Balkon zum Innenhof. Dazu einen eigenen Schreibtisch, einen eigenen kleinen Schwarz-Weiß-Fernseher. Wir wohnten in der Nähe des ehemaligen Kaiser-Friedrich-Bads, das ich als Kind so geliebt habe. Und ich hatte einen kurzen Weg zu meinem geliebten Lieblingsort«, sagt der Seebär und gerät ins Schwärmen.

»Ich wohne in der Mozartstraße. In der Nummer eins.« Seine Worte hatten für ihn jedes Mal einen wohltuenden Nachhall, wenn er nach seiner Adresse gefragt wurde und antwortete. Ob nun im Freundeskreis oder im Sekretariat der Schule – es klang immer süß und gut. Die Streitereien zwischen seinen Eltern und die Schläge, die seine Mutter trafen, blieben allerdings.

Nach Jahren reichte es auch der Mutter: Sie zog mit ihren zwei Töchtern aus. Der Junge blieb bei seinem Vater und dessen Ausfällen. Er machte seine Schule fertig und begann eine Ausbildung zum Schwimmmeister. Der junge Auszubildende hatte nun für sein Essen zu zahlen und war anfangs überrascht, als sein Vater für die Frikadellen auf dem Tisch zwei D-Mark verlangte.

»Zwischen euch flogen die Funken, immer wieder knallte es. Weißt du noch, wie der Handwerker stundenlang im Wohnzimmer an dem kaputten Fernseher herumfummelte und -schraubte? Bis dein Vater zur Tür hereinkam. Er, vornehm gekleidet, ein schnatzer Mann, der immer ab dem Herbst seinen feinen Mantel aus Kamelhaar trug. Wenn er den Mantel aufhängte, sah man das fein gemusterte Innenfutter, das war ihm wichtig. Er suchte dich, wollte wissen, wie der Wettkampf war, ging aber ins Wohnzimmer, da er wahrscheinlich vor dem Haus den Wagen des Fernsehtechnikers gesehen hatte, auf den er schon so lange gewartet hatte«, sagt sein Spiegelbild und legt los.

»Laut, wie von der Tarantel gestochen, hat er den Typen beschimpft. Und auf ihn geflucht, weil der Fernseher immer noch kein scharfes Bild sendete. ›Ein neuer Fernseher, und endlich mit den verdammten Sensortasten. Und der Fernsehfritze bekommt das nicht hin? Was für ein Nichtsnutz, was für ein Jammerlappen sind Sie denn?‹ Der steht auf und lässt sich das nicht bieten. Er geht auf Vater zu und bleibt dicht vor ihm stehen. Ein nicht gerade großer Mann im Vergleich zum Vater, aber nun eben auch kein Jammerlappen. Wütend schreit er Vater an, dass er gleich ordentlich eine gelangt bekomme. Und zwar in seine große Fresse! Vater verlässt fluchtartig den Raum, eilt in sein Zimmer, knallt die Tür und schließt von innen ab. Was für ein langer großer Angsthase er doch ist.«

Auch der Seebär kommt in Fahrt:

»Ein paar Tage später ruft meine Freundin an. Das Telefon klingelt in seinem Schlafzimmer, es steht dort, weil er immer Kontrolle haben muss. Vater ist von ihrem Anruf genervt und schreit mir zu, dass Herr Sohnemann verlangt werde. Ich telefoniere, und Vater baut sich immer mehr vor mir auf. Er geht öfters hin und her, wird lauter und ungehaltener. Kurz nachdem ich den Hörer aufgelegt habe, stürmt er auf mich los. Er wirft mir vor, was diese Telefoniererei immer für ein Geld koste, wie teuer das für ihn sei. Er packt mich an den Schultern und fängt an, mich zu schütteln. ›Mir reicht's‹, schreie ich. Dann kralle ich ihn mir richtig, drücke ihn durch den ganzen Flur ins Wohnzimmer und werfe ihn in seinen verdammten Fernsehsessel. ›Das war's mit dir‹, sage ich ihm noch.

Mir hat es verdammt noch mal gereicht«, kriegt sein Spiegelbild noch zu hören, »da bin ich lieber zu meiner Freundin Anke.«

»Das war's«, sagt sein Spiegelbild lakonisch. Es dreht sich herum und betrachtet interessiert die vorbeiziehenden Landschaften und Wälder.

Beeindruckt und zugleich irritiert von der Unterhaltung mit der Frau kommt er wieder in sein Zugabteil zurück und setzt sich hin. Er war im Zugrestaurant gewesen, hatte dort gegessen und sich angeregt mit der Frau unterhalten. Mit der Dame. Sie kann gut argumentieren, eindringlich findet sie treffend die Worte. Sie ist eine Persönlichkeit. Woher hat sie nur dieses Wissen?

Wie hat sie ihn verabschiedet, als er das Restaurant verließ? ›Der geschätzte Monsignore habe doch einen außerordentlichen Weg gefunden, mit seiner Schwimmschule wertvolle Gedanken im Bereich der Pädagogik umzusetzen. Sie wünsche weiter noch viel Glück und alles Gute auf seinem Weg.‹ Diese Worte klingen noch in seinem Kopf.

Sein Herz klopft stärker als sonst, als er aus dem Fenster seines Abteils sieht. Das geht doch nicht, denkt er. Geträumt hat er auch nicht! Gerade noch hat er mit der Pädagogin Maria Montessori geredet.

Der Speisewagen ist zwar gut besucht, alle Tische besetzt, aber er sieht eine ältere Dame allein an einem Tisch sitzen. Er geht zu ihr und fragt, ob er sich dazusetzen dürfe. Sie macht eine kurze einladende Geste mit ihren Armen in Richtung des freien Platzes. Er bedankt sich, rückt einen Stuhl und lässt sich nieder.

Die Frau macht auf ihn einen vornehmen Eindruck. Sie mag um die 50 Jahre alt sein, vielleicht auch älter. Sie trägt ein dunkles Kleid mit einer noch dunkleren Bluse und einer weißen Perlenkette. Ein feiner Pelzschal, dunkler als das Kleid, liegt auf ihren Schultern.

Er bestellt Fisch mit Kartoffeln, dazu einen Weißwein. Die Frau hat noch eine halb gefüllte Karaffe Rotwein und eine angebrochene Flasche Mineralwasser vor sich. Ihr Teller wurde schon abgeräumt.

Er fragt die Frau, wohin denn ihre Reise gehe. Sie sieht lange aus dem Fenster, dann beginnt sie zu erzählen: Sie habe von dem Projekt gehört, dass quer durch Russland eine Bahnlinie gebaut werde. Das habe sie schon interessiert, sie habe einiges darüber gelesen, aber wegen ihrer Arbeit wenig Zeit gehabt, das weiter zu verfolgen. Als die Bahn gebaut wurde, sei sie gut zwanzig Jahre alt gewesen. In dem Alter habe sie aber anderes interessiert:

Ärztin wollte sie unbedingt werden, und das sei sie auch geworden.

Sie nimmt einen Schluck Rotwein und redet weiter: »Das war nicht so einfach: der ewige Streit mit meinem Vater, die fiesen Kommilitonen, die mich angingen: junge Männer, manche furchtbar faul und manche ehrgeizig bis in die Haarspitzen. Aber das hat sie alle geeint: Eine Frau darf keine Ärztin werden, und das muss man ihr zeigen. Also machten sie mir das Leben schwer. Sie saßen in der Vorlesung direkt hinter mir und kippten meinen Stuhl, sodass ich mich festhalten musste, um nicht herunterzufallen. Und die ständigen Bemerkungen: wie kleine Nadelstiche, aber ich habe eine dicke Haut bekommen. Was habe ich immer gesagt, wenn die männlichen Studenten in der Gruppe ein verächtliches ›Puh‹ ausstießen, wenn sie mich sahen? ›Pumpen Sie ruhig, meine Freunde, denn umso höher kann ich steigen!‹ Schön und gut. Auch von der Universitätsleitung gab es Vorschriften, die mich als Frau treffen sollten: Sie dürfe erst dann den Vorlesungssaal betreten und sich setzen, wenn alle männlichen Studenten Platz genommen hätten. So, und da saß ich dann als einzige Frau. Das sage ich Ihnen. Nicht wegen meiner Klugheit, sondern wegen meines eisernen Willens bin ich Ärztin geworden!«

»Und wegen Ihres Temperamentes, denke ich«, fügt der Seebär hinzu.

»Das mag sein. Da ist etwas, das man immer erreichen kann, wenn man will, aber es kostet schrecklich viel Anstrengung.«

Sie sieht aus dem Fenster, lächelt und fragt ihren Tischnachbarn: »Wann fangen die Menschen an, aus den Fenstern zu gucken? Wenn sie sich langweilen? Nicht wissen, wohin mit den Gedanken? Sehnsucht? Haben sie das schon als Kind gemacht? Und was ist, wenn keine Fenster da sind?

Haben Sie schon einmal Leute beobachtet, wenn sie aus dem Fenster gucken, zum Beispiel während einer Zugfahrt? Und was tun sie in der Zeit mit ihren Händen? Manchmal popeln Kinder selbstverloren in der Nase, wenn sie aus dem Fenster sehen. Aber nicht nur dann. Und nicht nur die.« Sie lacht und erzählt weiter.

»Mich hat das immer beeindruckt, was die Kinder machen. Ich habe gesehen, wie ein Kind gedankenverloren stundenlang allein auf der Straße gespielt hat. Diese Eigenaktivität, die man nicht stören darf, sondern fördern muss. Da habe ich verstanden, was Kinder brauchen.

Und natürlich ... wo waren wir vorhin stehen geblieben? Diese Eisenbahn: Mein Vater erzählte mir, dass man in Russland schon seit Langem eine Linie quer durch Russland, quer durch Sibirien bauen wolle. Wer baut die Bahn? Ein Ingenieur? Ein Zar? Man brauchte ungefähr 100.000 Arbeiter, also starke Männer, bei einer Bauzeit von 25 Jahren. Moskau, durch den Ural, am Baikalsee vorbei, dann nach Wladiwostok. Wenn der Baikalsee zugefroren war, zog man die Eisenbahnwagen auf Schlitten über den See, sogar Gleise wurden darüber verlegt. Später führte die Linie südlich an dem See vorbei.«

Der Seebär horcht auf und erzählt, dass dies eines seiner großen Ziele sei: der Baikalsee. Dort wolle er schwimmen gehen. Dort müsse er schwimmen!

Die Frau erwidert, dass sie nun leider in Fahrt gekommen sei und ihre Gedanken noch zu Ende bringen müsse. Danach komme sie gerne auf diese interessante Geschichte des Herrn ihr gegenüber zurück.

»Mein Vater hat mir aber auch geholfen, er hat mich oft zur Universität gebracht. Sezieren musste ich immer allein im Leichenschauhaus! Warum? Nackte Körper, ob nun männlich oder weiblich, das geht doch nicht für eine Frau! Was für ein Argument! Das ist doch keins, noch nicht einmal ein schlechtes!

Ich hätte fast aufgegeben. Aber nur fast – ich habe weitergekämpft. Auch für die Frauenrechte natürlich. Vorträge, Reden gehalten. Auch in Deutschland, in Berlin.«

Sie holt kurz Luft und erzählt weiter:

»Ich habe nach dem Studium in Rom in einer psychiatrischen Abteilung der Uniklinik gearbeitet, besuchte Anstalten für Geisteskranke, auch Kinder, die als lernunfähig galten. Man bezeichnete sie als idiotisch! Wie sie dort untergebracht waren: ein Leben im Elend, unhaltbare Zustände. Ich ließ Kinderspielzeuge für sie herstellen. Sie machten Prüfungen in staatlichen Schulen. Und sie waren mindestens genauso gut wie andere Kinder in staatlichen Schulen. Was heißt das? Und was heißt denn das für den normalen Unterricht?

Ich war einfach entsetzt, alle Kinder brauchen doch einen Platz in der Gesellschaft. Und alle haben ihre Potenziale. Sie brauchen eine richtige Erziehung! Alle! Also beschloss ich mit 30 Jahren, mich der Bildung aller zu verschreiben!

Sogar Sigmund Freud hat mir geschrieben, um mein großes Verständnis für die Menschen hervorzuheben. Überall fand ich Anerkennung für meine Arbeit. Sogar die Faschisten bei uns in Italien waren angetan, haben mich und meine Arbeit gefördert. Aber dann war Schluss, ich wollte und konnte es nicht. Finito!

Meine Mutter ist später gestorben, lange habe ich um sie getrauert, drei Tage nichts gegessen. Später hat mich mein Sohn auf meinen Reisen begleitet. Also bin ich mit ihm über Amsterdam nach Indien geflogen. Gandhi lernte ich bereits in London kennen und schätzen.

Von Indien bin ich dann wieder nach Europa. So viele Schulen nach meiner Methode sind schon aufgemacht worden. Es geht um die Kinder, das ist das Entscheidende. Deshalb habe ich doch früher die Kinderhäuser gegründet.«

»Ich weiß«, sagt der Seebär. »Für meine Schwimmschule habe ich Ihre Bücher gelesen. Nicht alle, aber doch die wichtigen Sachen, die ich für meinen Unterricht brauchte. Natürlich ging es darum, dass die Kinder nicht nur schwimmen lernen und Übungen machen, sondern dass sie spüren, was es heißt, ins Wasser abzutauchen. Sich dort zu bewegen, die Sicherheit zu haben, nicht unterzugehen. Und wenn sie tauchen, es dann richtig zu machen, es auszuprobieren. Keine Panik, sich selbst zu vertrauen, weil sie das Wasser kennen.

Und ich habe später den Spaß im Umgang mit dem Wasser mit Hausaufgaben oder Vorbereitungen für Schularbeiten verbunden. Die Kinder waren in der Schule gefordert, oft überfordert, und so bestand die Möglichkeit, mit Spaß im Schwimmbad zu üben.

Es ging darum, Rechenaufgaben zu lösen, während sie eine Bahn schwammen. Sie hatten ihre Schwimmzüge zu addieren, von denen sie drei abziehen sollten: einen für das Abstoßen, einen für das Anschlagen und einen, wenn sie es einfach wollten und dabei lächeln konnten.

Oder sie wedelten am Beckenrand mit ihren Beinen, sodass es nur spritzte: Ihre Beinschläge sollten sie dabei zählen. Sie tauchten später auch nach Spielzeug, das sie behalten durften. Es war einfaches Spielzeug, oft aus Plastik, aber sie durften es behalten. Das habe ich später auch den Eltern erklärt.

Und meine Schwimmschule sollte doch auch eine Lebensschule sein.« »Wie meinen Sie das?«, fragt die Dame nach.

»Ich hatte zum Beispiel einen Jungen im Kurs, da haben die Eltern vorher schon gesagt, der habe so eine große Wasserangst, der schaffe das nie. Und in der Schule werde doch das Schwimmen verlangt, wie solle das gehen? Der habe schon zu Hause Angst, wenn das Wasser laufe, um sich die Haare zu waschen.

Der war dann bei mir das erste Mal im Schwimmbad, und er dachte, er müsse jetzt ins Becken. Wir haben uns abseits auf eine Wärmebank gesetzt. Ich habe nur mit ihm geredet und in Ruhe gesagt, dass er heute nicht ins Wasser gehen müsse. Und beim nächsten Mal, wenn er komme, könne er selbst entscheiden, ob er gehen wolle oder nicht. Es geht also immer darum, Vertrauen aufzubauen. Und dafür habe ich mit den Kindern einzeln geredet, nie in der Gruppe.«

Der Seebär nimmt einen kräftigen Schluck Wein und erzählt weiter: »Wir haben dann Gummibärchen gegessen. Ich habe ihm die Tüte hingeschoben, habe mir auch welche genommen. Und wenn ein syrisches Kind da war, gab es Gummibärchen halal. Wenn ich das geschafft hatte, dass sich das Kind auf eine Bank neben das Schwimmbecken setzt, dann habe ich angefangen, selbst hineinzugehen.

›Wieso kann ich dort auf dem Wasser liegen, warum trägt es mich?‹, habe ich gefragt. Das Kind hat nicht verstanden, warum ich auf dem Wasser liegen kann. Aber Kinder haben Fantasien, andere als Erwachsene. Ich habe also versucht, diese zu nutzen. Ich habe gesagt, da gebe es Meerjungfrauen, die sogenannten Elfen, die jeden trügen, wenn man ruhig sei. Auch andere Figuren aus Kindersendungen, die die Kinder kannten, habe ich gerne genutzt.

Ich habe da gute Erfahrungen gemacht, da waren auch andere Kinder, die nicht einfach waren. Es ging da nicht nur ums Schwimmen, sondern um Probleme in der Schule oder zu Hause.

Das habe ich den Eltern nicht berechnet; die Familie bezahlte dafür keinen Einzelunterricht, sondern den Gruppentarif. Und ich habe den Kindern immer den Platz auf der Bank gelassen. Sie konnten dann sagen: ›Heute bitte nicht ins Wasser.‹ Die Eltern waren oft überrascht, dass ich einige Geschichten der Kinder aus ihrer Perspektive erzählt habe, die sie so noch nie gehört hatten.«

»Ich bin überrascht, dass es so eine Schule gibt. Oder gegeben hat«, sagt die Frau abschließend, bevor sie aufsteht und den Speisewagen mit ›herzlichen und kollegialen Grüßen‹ verlässt.

Jetzt sitzt er in seinem Abteil und wird ungeduldig. Er fährt jetzt schon seit Tagen in diesem Zug. Irgendwann kommt doch der Baikalsee, in Sibirien ist er schon, der Zug ist nach dem Halt in Krasnojarsk wieder unterwegs. Das Tor nach Sibirien besteht aus einer wilden Mixtur aus funktionalen Betonklötzen, die grob und eintönig wirken. Hin und wieder lugen dagegen verzierte Spitzen von

Kirchtürmen hervor. Die große Schüssel mit ihrem städtischen Treiben und mächtigen Verkehr hat ihn geschafft; so erreicht er erschöpft das Zugabteil, lässt sich auf dem Sitz nieder, streckt seine Beine aus und genießt einen Tee von Alexej.

Er hat fein gekleidete Menschen in Krasnojarsk gesehen. Modisch leger, und das bei diesen Temperaturen! Er sitzt dagegen im Zug in seinem alten Wintermantel, der schwer und unpraktisch geworden ist. Nachdem er ihn mit Mühe allein ausgezogen hat, beschließt er, sich neue Kleider für den Winter zu kaufen.

Früher hatte er keine »Kleider«, es waren für ihn immer »die alten Klamotten«. Seine Sportklamotten waren dagegen immer topaktuell, die seiner älteren Schwestern auch. Eine neue Kollektion wegen der nächsten Olympischen Spiele – kein Problem. Immer gab es vom Vater die neuen Sportsachen. Auch Laufschuhe dazu. Das hat immer gepasst. Also haben die Kinder auf das nächste große Sportereignis gewartet. Dafür hatte Vater Geld. Irgendwie und irgendwoher, sie wussten es nicht. Das war es ihm wert, weil sie gute Schwimmer waren. Seine großen Schwestern und er.

Er merkt, wie ihn eine feine Nadel in den Bauch sticht, und er weiß, was jetzt kommt: Er geht in die Umkleidekabine und legt seine Sporttasche auf die Bank. Einige Jungen sind schon da und ziehen sich um. Söhne von Ärzten und Rechtsanwälten sind oft dabei. Das Umziehen ist für ihn nicht einfach zu ertragen. Ein betont mitleidiges

»Ach und herrje« empfängt ihn. Er hört danach ein »Der von der Folsterhöhe ist auch schon da, na ja«. Wie eingebildet sie sind, sie haben es ihn spüren lassen! Einer dieser Bengels erzählt gerne und ausführlich, wie er mit seinen Eltern nach New York geflogen sei, wo er sich zehn Jeans der Marke Levi's gekauft habe. Er prahlt und kriegt sich dabei kaum ein. »Ach, ich konnte mich anfangs gar nicht entscheiden, dann dachte ich mir, ach, nehme ich sie doch alle mit.«

Das klingt noch heute in seinem Kopf. Damals dachte er aber: dieser kleine Angeber. Schwimmt immer so, als wenn er seine zehn Jeans aus New York anhätte. Seine eigene Kleidung war abgetragen, wenn es eine neue Jeans gab, hatte die vorher schon sein großer Bruder aufgetragen. Seine Klamotten waren für ihn nicht nur »alt«, sondern »uralt«. Kein leichter Gang für jemanden von der Folsterhöhe, wenn es zum Training ging.

»Aber du hast es dir nicht anmerken lassen, und du hast es ihnen gezeigt. Und du hast immer trainiert wie ein Ochse, immer. Aber du bist keiner geworden! Sondern eine Wettkampfsau«, sagt sein Spiegelbild zu ihm.

»Ich schnauzte die anderen Schwimmer in meiner Mannschaft oft an. Wenn es meiner Meinung nach nötig war. Eigentlich immer«, erwidert der Seebär.

Dann ist sportlich für den jungen Leistungsschwimmer schnell Schluss. Erst kommt der Olympiaboykott in Moskau, dann zieht er sich im Leistungskader der Bundeswehr durch die Fußmärsche eine Entzündung der Achillessehne zu, die nicht behandelt wird. Durch Fußmärsche! Auf die hätte er gerne verzichtet, auf die fehlende Behandlung auch! Eine schwere Thrombose in den Beinen ist die Folge. Wochenlang liegt er mit einem Streckgips im Krankenbett. Seine Karriere als Leistungsschwimmer führt zu einer Bruchlandung.

Aber er kann und will den Leistungssport und »sein Schwimmen« nicht aufgeben. Also trainiert und schwimmt er weiter: Er wird viele Male Deutscher Meister in seiner Altersklasse. Er zählt die Erfolge nicht mehr.

»Ich habe es durchgezogen, auch mit den anderen in meiner Mannschaft. ›Die anderen sind so schnell‹ – weinerliches Gejammer. Ich habe sie vor dem Wettkampf heiß gemacht, dass die Ohren glühen. Dann hat meine Mannschaft als erste angeschlagen. Deutscher Meister sind wir geworden.«

Er beginnt auch mit dem Rettungsschwimmen, wird dort Welt- und Vizeweltmeister. Diese Medaillen hängen an der Stehlampe in einer Ecke seines Wohnzimmers.

Seine beiden Söhne kommen durch ihn zum Schwimmen. Sie haben vorher alle möglichen Sportarten ausprobiert, dann bleiben sie ab ihrer Jugendzeit dabei. Sie werden ausgezeichnete Schwimmer, haben selbst aber nichts am Leistungssport.

In einem gemeinsamen Urlaub an der Ostsee übernehmen die drei Männer als ausgebildete Rettungsschwimmer für zwei Wochen die Aufsicht am Badestrand. Die Zeit dort werden sie nicht vergessen. Sie wollten eine Frau aus dem Meer bergen, konnten aber nur noch ihren leblosen Körper an Land bringen.

Seine Söhne: Als sie ihn im Grundschulalter fragen, wo denn die Saar eigentlich herkomme, schnappt er sich das

Auto und fährt mit ihnen am Wochenende zur Saarquelle nach Frankreich in die Vogesen, um sich das einmal genau anzugucken. Dort angekommen, erklärt er ihnen, dass es eine Rote und eine Weiße Saar gebe. Die eine sei eisenhaltig und schimmere deswegen rot. Die andere sei weiß, weil sich dort viel Kalk im Wasser befinde. Die Brücke dort bietet einen idealen Blick, und so stehen sie zu dritt und betrachten den Flusslauf.

Oder sie fragen nach den Sternen am Himmel: »Sind die immer da, auch wenn man sie nicht sieht? Und warum leuchten einige so stark?« Wenn seine Kinder so viele Fragen stellten, dann müssten sie dahin, sagt der Vater zu ihnen. Also fahren sie mit dem Zug nach Mannheim zum Planetarium, sehen sich alles an, stellen Fragen, suchen und finden Erklärungen. Zufrieden fahren sie wieder nach Hause.

Ein anderes Mal fahren sie nach Köln, endlich eine seiner Schwestern besuchen. Und die Stadt bietet ja auch einiges, zum Beispiel Eis bis zum Abwinken. Das hatten sie schon den ganzen Sommer auf dem Plan.

Der Zug nimmt Tempo heraus, die ersten Häuser von Irkutsk sind zu sehen.. Der Zug wird noch langsamer, kommt in den Bahnhof und hält. Andi sieht die vielen Leute, ihre Gesichter, das Treiben am Bahnhof, alle bepackt mit Koffern, Taschen, Tüten. Nach einer halben Stunde Aufenthalt geht es weiter.

Der Zug rollt an und nimmt langsam Fahrt auf. Eine blinkende Leuchtreklame an einer Häuserfassade verabschiedet ihn aus der Stadt. Die gerade zugestiegenen Leute suchen einen Sitzplatz und einen Abstellplatz für ihr Gepäck. Im Zug kommt leichte Unruhe auf, die den Seebären aber nicht stört. Er ruht weiter mit an die Fensterscheibe gelehntem Kopf.

Bald ist er am Baikalsee angekommen – an seinem Baikalsee! Natürlich hat er alles über ihn gelesen, was ihm in die Hände fiel. Reiseberichte, Stadtbeschreibungen, Hintergrund, dazu Bilder, Pläne, Straßen- und Streckennetze.

Und auch über Klima, Jahreszeiten, Temperaturen hat er sich informiert, denn schließlich muss er dort ins Wasser. Im Winter war der See früher gefroren, man baute die Eisenbahnlinie über ihn. Das Wasser bildete den festen Untergrund: Die Vorstellung gefällt ihm.

Die Leute, die ihn nicht kennen, haben zu Hause freundlich genickt, als er ihnen erzählte, dass er im Baikalsee schwimmen gehen wolle, denn schließlich sei das ein Hauptziel seiner Zugreise. Die einen sahen es als fixe Idee, die vielleicht im Übermut des Gesprächs entstanden war und Eindruck auf die Zuhörer machen sollte. Andere wussten von seiner Situation: ein Schwerkranker, der möglicherweise sein Lebensende vor Augen hat, wer mag da schon widersprechen. Er weiß nicht, ob sie ihn für voll genommen haben. Letztlich war es ihm auch nicht so wichtig.

In Sljudjanka, einem kleinen Städtchen direkt am Baikalsee, steigt er aus. Es liegt etwas südlich von Irkutsk und bietet einen guten Zugang, um dort zu schwimmen.

Die trockene Kälte der Luft lädt ihn ein, dem See näher zu kommen. Er sieht den See, der sich vor ihm ausbreitet. Überall Wasser, glatt gezogenes Wasser. Ein paar Nebelschwaden ziehen langsam und unaufgeregt vorbei.

Aufgeregt rutscht er aus seinem Rollstuhl auf seine Füße. Ein paar Leute, wohl Einheimische, sehen ihm aus der Entfernung zu.

Er findet einen Weg ins Wasser. Es umspült seine Knöchel, seine Knie. Kalt wie früher, als er als Kind in den Bach gestiegen ist. Jetzt ist das Wasser kälter. Eiskalt.

So, wie er es sich erträumt hat auf der Fahrt. Das Wasser steigt schnell an seine Hüfte, erreicht seinen Nabel, dann lässt er sich nach vorne fallen.

Er gleitet ins Wasser, das ihn mit sibirischer Kälte empfängt. Sie lässt sein Herz pochen und in seiner Brust hämmern. Er taucht ein, kommt wieder hoch. Er ist glücklich und genießt es. Er gleitet eine kurze Strecke, das Wasser nimmt ihn auf. Der Seebär dreht sich, liegt rücklings auf dem Wasser und streckt seine Beine aus.

Das Wasser umspült seinen Bauch. Ein dunkler Schattenfisch nähert sich dem Koloss, er taucht ab, erscheint wieder auf der anderen Seite des Körpers und schwimmt weiter.

Er liegt weiter auf dem Rücken im Wasser und lässt sich treiben. Ein Fischschwarm taucht ungestört unter ihm vorbei, um weiter seinen Weg zu machen. Wasserpflanzen bleiben an seinen Armen hängen, lösen sich und treiben weiter. Am Himmel über ihm treffen Wolkenfetzen aufeinander, sie schieben und türmen sich auf, dann zerfließen sie wieder. Dann kommen einige Elfen und tragen ihn weiter; er fängt im Wasser an zu schweben.

Er hält seine Augen geschlossen und genießt seine Leichtigkeit. Nach einiger Zeit meldet sich der Baikalsee: Hier bin ich, vielleicht etwas kühler, als du dachtest. Aber du warst auch noch nie in Sibirien. Die Kälte fährt langsam in seine Glieder und breitet sich aus. Er zieht seine

Arme an, dreht sich auf den Bauch und schwimmt langsam zum nahen Ufer.

Dort wartet bereits eine groß gewachsene, kräftige Männergestalt auf ihn. Sie zieht ihn behutsam aus dem Wasser, setzt ihn auf einen Stuhl und deckt ihn zu. Bevor er fragen kann, was er hier am Baikalsee mache, ist der durchtrainierte, muskelbepackte Koloss verschwunden. Er erinnert ihn an Frank, den er früher wegen seiner Statur nur »den Schrank« nannte und der ihm so oft nach dem Baden half. Wie weit war er draußen? Und wie lange ist er schon dort? Jetzt sitzt er eingehüllt in ein großes Badetuch und versucht nachzudenken. Dann schläft er in seinem Stuhl ein. Später ist er in seiner kleinen Hütte, die er angemietet hat. Er hört noch das Feuer knistern, dann schläft er selig wieder ein.

Eine gute Weile später sitzt er am Tisch; der Tee, den er sich gemacht hat, füllt seine Tasse. Er schaut durch das Fenster und sucht sein Spiegelbild, das ihn auf der Zugfahrt begleitet hat. Auch die bewegten Bilder der vorbeiziehenden Landschaften fehlen.

Vor ihm liegt der Baikalsee, der ruhig ausgestreckt das Fenster füllt. Die letzten Sonnenstrahlen des Tages beginnen sich zu verabschieden.

Auf einem Beistelltisch liegen ausgebreitet ein paar beschriftete Seiten, die er am Tag zuvor aus seinem Rucksack gekramt hat. Er hält sich an der Lehne seines Rollstuhls fest, wechselt auf einen Holzstuhl und setzt sich langsam. Dann liest er:

Bücher bleiben uns und Brücken, Kram
und Maschinen, Leinwände, gut gerahmt
Geschmeide und Gelumpe – vieles bleibt:
Und alles andre zerfällt mit seinem Leib.

Und was bleibt von mir? Groß und stattlich war ich, und jetzt?, fragt sich der Seebär.

Er bleibt zwei Tage in dem Städtchen Sljudjanka, geht wieder schwimmen, dann fährt er weiter mit dem Zug nach Wladiwostok. Bald ist er da, denkt der Seebär und sieht aus dem Fenster. Der Zug verlangsamt sein Tempo, seit einiger Zeit rumpelt er rhythmisch vor sich hin. Hin und wieder gibt er ein sachtes Ruckeln dazu. Dort ziehen Betonhochhäuser vorbei. Es sind wohl die ersten Vorstadtsiedlungen, die da kommen und von denen er gelesen hat.

Eine Schaffnerin kommt ins Abteil, sagt die Endstation an und ist so schnell wieder verschwunden, dass er nicht anmerken kann, dass er Hilfe brauche, für sich und seinen Rollstuhl. Die bekommt er später ohne Probleme.

Wladiwostok: Bald ist er angekommen. Irgendwann Mitte des 19. Jahrhunderts war die Stadt noch ein Fischerdorf, mit dem Bau der Transsibirischen Eisenbahn wurde sie größer und wichtiger. Jetzt leben dort über eine halbe Million Menschen.

Der Zug fährt in den Bahnhof und hält nach einer kurzen Strecke im Schritttempo. Vier Männer helfen ihm mit seinem Rollstuhl auf den Bahnsteig, die Schaffnerin liest in ihrem Plan und verlässt den Zug. Der Seebär steht in dem Bahnhof und schaut sich um; das Treiben der Menschen ist ruhiger und gelassener als in Moskau.

Wie oft hat er diese Reise gemacht, zu Hause in Gedanken geschwelgt, im Internet recherchiert, alles vorbereitet. Die Reise ist doch etwas anders geworden. Er genießt und lässt kurz die Situationen durch seinen Kopf ziehen. Jetzt ist er da, die Reise ist hier am Pazifik zu Ende.

Wladiwostok hat so viele Inseln, Japan ist auch nicht mehr weit. Sein Hafen gilt als Tor zu Asien. Wladiwostok heißt im Russischen »Beherrsche den Osten«. Oder auf Chinesisch »Seegurkenmarsch«. Die stachligen Tiere gelten dort als Delikatesse. Warum sie marschieren müssen, weiß er nicht.

Oft weht ein eisiger Wind vom Pazifik: trocken und eisig kalt. Er genießt es, legt den Kopf weiter zurück, sein Schal wärmt seinen Hals. In gut zwei Stunden wird er Elena und Alexej am Hafen treffen. Dort haben sie sich verabredet.

Den Weg zum Hafen zu finden ist für Andi kein Problem, er kennt sich aus, denn er hat den Weg zum Meer bereits auf der Karte gesucht: die zweite Straße links, dann lange geradeaus. Dann noch mal links, da liegt der Hafen. Am Kontor wollen sie sich treffen.

Er hat es nicht eilig, guckt in die Nebenstraßen, in die Läden an der Hauptstraße. Dann hält er, um seinen Blick an den Häuserfassaden hinaufklettern zu lassen. Am Himmel ziehen langsam Wolkenschwaden vorbei, die zwischen den Fassaden verschwinden und den Himmel freigeben.

Dann ist er wieder unterwegs Richtung Hafen. Fremde Gesichter und Sprachen, ein Gewimmel von Menschen kommt ihm entgegen.

Dann ist er angekommen.

Unten am Hafen stehen bereits Elena und Alexej, sie sind am Plauschen. Sie sind angetan von der Aussicht und den vielen Schiffen. Groß und lang sind sie, viele riesengroß. Auch viele Kriegsschiffe der russischen Marine sind zu sehen.

Schiffe voll bis obenhin mit Containern, lange, schwimmende Klötze, gesprenkelt in Blau, Rot und manche in Grün. Auch Grau ist dabei, oft ein fahles Grau. Die Anzahl der geladenen Container auf diesen schwimmenden Riesenkästen lässt sich kaum schätzen.

Einige dieser Riesen liegen fest vertäut an den Kaimauern. Lange, starke Kräne heben die Klötze und bauen neue Mauern und Türme neben den Schiffen. Die Klötze werden auf Lastkraftwagen verladen. Dann sind sie mit ihrer Ladung weg.

Die drei sitzen in einer kleinen Hafenkneipe, trinken Tee und zwei Schnäpse zum Abschied. Alexej wird noch einen halben Tag bleiben, dann fährt er wieder zurück.

Er hat Glück gehabt, auf der Tour zurück eingesetzt zu werden. Er macht das noch ein oder zwei Jahre, dann geht er in Rente.

Elena bleibt einen Tag länger; sie übernachtet bei einer Freundin, ist zu einem Familienfest eingeladen, macht für die Gäste Piroschki und fährt dann wieder nach Perm. In zwei Wochen kommt ihr Mann von der schweren Arbeit.

Sie verzichten auf ein »Auf Wiedersehen«, denn zu unterschiedlich sind ihre Lebenspläne.

»Wladiwostok ist das Ende der Welt?«, fragt er Elena und Alexej, als sie sich vor der Hafenkneipe ein letztes Mal umarmen.

»Diesen Satz habe ich schon oft gehört. Von wegen, dahinten geht es weiter nach Japan und dann noch weiter. Ich fahre wieder zurück, übermorgen geht's los.«

Sie warten doch auf mich. Und wenn nicht, dann haben sie mich trotzdem wieder. Oder ich steige am nächsten Tag ins Wasser und schwimme nach Hause, denkt der Seebär. Den Weg kennt er ja, den hat er schon vorher auf Karten, in Broschüren und Reisekatalogen studiert.

Über Andi, den Seebären

Andreas Diehl wurde 1962 in Saarbrücken geboren.
Der ehemalige Leistungsschwimmer und Spitzensportler gründete in Saarbrücken seine »Schwimmschule Seebär«, nachdem er schwer erkrankte. Besonders Kinder und Jugendliche aus sozial benachteiligten Verhältnissen wurden in seiner Schwimmschule gefördert.
Er war Leistungsschwimmer im Deutschen Schwimmverband. Ihn traf der Olympiaboykott 1980 von Moskau, dann fiel er verletzungsbedingt aus der Kaderförderung. Vom Leistungssport Schwimmen konnte und wollte er sich nicht verabschieden: Er wurde vielmals Deutscher Meister in seiner jeweiligen Altersklasse, im Rettungsschwimmen wurde er Doppel- und Vizeweltmeister, Europarekordhalter.
Nach langen Jahren gesundheitlicher Probleme wurde bei ihm die Krankheit ALS (Amyotrophe Lateralsklerose) diagnostiziert.

Der Autor
Thomas Döring wurde 1963 geboren.
Der Diplom-Psychologe, Dr. phil., schrieb über den Auschwitz-Überlebenden Alex Deutsch (»… um es einfach zu erzählen«), führte Gespräche mit Verfolgten des Nazi-Regimes und veröffentlichte Beiträge über sie.
Im Jahr 2018 traf er sich für dieses Buchprojekt ein Dutzend Mal mit Andreas Diehl. Die aufgenommenen Gespräche bildeten zusammen mit biografischen Dokumenten die Grundlage dieser Novelle.
Der Seebär las das Manuskript und stimmte gern dieser Veröffentlichung zu.

Zum Schluss
Mein Dank gilt Susanne Reeck, Ron Christmann und Florian Brunner für die angenehme Zusammenarbeit!
Thomas Döring
im Mai 2021